पराँठा ब्रेकअप

और अन्य कहानियाँ

पराँठा ब्रेकअप

और अन्य कहानियाँ

क्षमा शर्मा

वाणी प्रकाशन

वाणी प्रकाशन

4695, 21-ए, दरियागंज, नयी दिल्ली 110 002

फ़ोन : +91 11 23273167 फ़ैक्स : +91 11 23275710

शाखाएँ

अशोक राजपथ, पटना 800 004, बिहार

कॉफ़ी हाउस कैम्पस, महात्मा गाँधी मार्ग, इलाहाबाद 211 001, उत्तर प्रदेश

महात्मा गाँधी अन्तरराष्ट्रीय हिन्दी विश्वविद्यालय, वर्धा 442 001, महाराष्ट्र

सुल्तानिया रोड, मोतिया पार्क, भोपाल 462 001, मध्य प्रदेश

www.vaniprakashan.com
marketing@vaniprakashan.in
sales@vaniprakashan.in

Parantha Breakup
by Kshama Sharma

ISBN : 978-93-5518-228-9
Story Collection

प्रथम संस्करण 2022

मूल्य : ₹ 399

आर. टेक ऑफ़सेट प्रिंटर्स, दिल्ली-110032 में मुद्रित

वाणी प्रकाशन का लोगो मक़बूल फ़िदा हुसेन की कूची से

हमारे गोविन्द जी, मनीषा और
येति के लिए
सस्नेह

भूमिका

इस नये संकलन में बहुत–सी यादें, बहुत–सी कही–अनकही बातें, नागरिक जीवन के कितने छूटे हुए पन्ने, एक के बाद एक दिमाग़ में कौंधते, ऐसा लगता है कि जैसे सब कुछ कल ही हुआ हो।

लिखते हुए इतने दशक बीत गये। जीवन में, दुनिया में भी कितना कुछ बदल गया। साथ में हम सब भी बदल गये, तो क्या इस बदलाव की कहीं कोई शिनाख़्त हो सकती है। यह बदलाव इतना तेज़ है कि जब तक आप उसके नज़दीक पहुँचते हैं, उसे समझने–देखने की कोशिश करते हैं, बहुत कुछ और नया हो जाता है।

मुझे नयी पीढ़ी, चाहे लड़के हों या लड़कियाँ हमेशा बहुत आकर्षित करती रही हैं, लेकिन पुरानी पीढ़ी भी बहुत कुछ सोचने–समझने के लिए प्रेरित करती है। ये कहानियाँ पुरानी और नयी पीढ़ी के टकराव की जगह संवाद की हैं। आख़िर इनके बीच हमेशा टकराव ही क्यों हो। हम आपस में बातचीत क्यों नहीं कर सकते। संसार के अनुभव कहते हैं कि आपस में संवाद के सूत्र कभी टूटते नहीं हैं। अगर संवाद टूट जाये, तो दुनिया का कोई समाज ही न चले। अफ़सोस यह है कि इन दिनों संवाद को बनाये रखने के मुक़ाबले, तोड़ने, नष्ट करने पर ज़्यादा ज़ोर दिखाई देता है।

ये सभी कहानियाँ पिछले कुछ वर्षों में लिखी गयीं और हंस, नया ज्ञानोदय, पाखी, ट्रिब्यून, नवजीवन, गम्भीर समाचार, मातृभारती आदि में प्रकाशित हुईं और कुछ कहानियाँ रेडियो पर प्रसारित हो चुकी हैं। इन सभी पत्रिकाओं, इनके सम्पादकों को आभार।

इस संकलन को आप तक पहुँचाने के लिए अदिति, अरुण जी तथा वाणी प्रकाशन की टीम का भी शुक्रिया।

क्षमा शर्मा

17 बी–1
हिन्दुस्तान टाइम्स अपार्टमेंट्स
मयूर विहार, फेज–1
दिल्ली–110091

अनुक्रम

एक छोटी-सी छलाँग से पहले

इस कहानी को मैं न जाने कब से लिखना चाह रही हूँ। शायद तीस साल या तीस कुछ ज़्यादा हों, तो पचीस तो ज़रूर हुए होंगे। तब जब कागज़–पेन का ज़माना था और अगर कुछ लिखने से छूट गया, तो फिर से वहीं लौटना पड़ता था, जहाँ से शुरू किया था। और कई–कई बार लिखना पड़ता था। कितनी उलझन होती थी, लेकिन तकनीक ने जैसे लिखने वालों की दुनिया बदल दी है।

अब कम्प्यूटर पर लिखती हूँ। मरजी आये चीज़ों को जब चाहे, वापस बिना लौटे, जैसे चाहे बदल सकती हूँ। आख़िरी पैरे को कंट्रोल–पेस्ट करके सबसे ऊपर पहुँचा सकती हूँ। किसी बात को हटाना हो तो कंट्रोल एक्स करके उड़ा सकती हूँ। डिलीट कर सकती हूँ। कुछ उड़ जाये, तो कंट्रोल ज़ेड करके वापस ला सकती हूँ, लेकिन जब पेन पकड़ती थी, तब कितनी बार कागज़ ख़राब किये। कितनी चीज़ें शुरू हुईं, फिर से लिखने के चक्कर में वहीं की वहीं छूट गयीं। अधूरी आज तक पड़ी हैं। अधूरी रचनाएँ कितना मुँह चिढ़ाती हैं, कितनी नाराज़ होती हैं कि उन्हें जहाँ छोड़ा था, वे सिरे अक्सर हाथ नहीं आते। चिढ़कर फिर से वहीं के वहीं छोड़ दिये जाते हैं फिर किसी और दिन के इन्तज़ार में। और यह इन्तज़ार और लम्बा, लम्बा होता जाता है। आज तक होता रहा है। यह कहानी हर बार शुरू होते–होते रहती गयी है।

जब से कम्प्यूटर पर काम करने लगी, तब भी न जाने कितनी बार इस कहानी को शुरू किया। हर बार अलग–अलग फ़ाइलों

को सेव किया, मगर एक ऊब सी पैदा हो गयी। ख़ुद का सामना करना कभी इतना मुश्किल होता है, यह पहली बार पता चला। लगातार अपने लाचार होने का अहसास हुआ। हर बार नये सिरे से, नये तरीक़े से लिखना चाहा, लेकिन लगता था कि इस बारे में जो सोचती हूँ, जो कुछ उमड़ता–घुमड़ता है, उसे कैसे लिखूँ। हिम्मत ज़वाब दे जाती थी। नींद नहीं आती थी। कितने अधूरे घुटे हुए सपने जिनके बारे में किसी से कहा नहीं जा सका, अपनी ओर दौड़ते, पीछा करते दीखते थे।

एक सवेरे, दिवाली के अगले दिन जब बाहर का आसमान पटाख़ों के धुएँ से इतना भरा था जैसे घने काले बादल छाये हों। बरसने को हों। बार–बार मीडिया और सरकार के इस प्रचार के बावजूद कि पटाख़े चलाकर पहले से ही प्रदूषित वातावरण को और ख़राब न करें और दिवाली को रोशनी का पर्व बनाएँ, लेकिन पटाख़े चलाने में शायद ही किसी ने कोई कमी की थी। कोई शादी–ब्याह, धूम–धड़ाका, तब तक होता ही नहीं, जब तक तेज़ आवाज़ें करके अपने होने और दिखाने का अहसास न दिलाया जाये। जितना शोर, वह भी डराने वाला, उतना ही हमारी ताक़त का रोब। ख़ैर, इन सब बातों पर बात करते हुए, अचानक मैंने इस कहानी को लिखने की असमर्थता के बारे में अपने पति को बताया था। कहा था कि चाहे कुछ कर लूँ, ऐसा लगता है जैसे कि जो कुछ सुना या हुआ, वहाँ तक नहीं पहुँच सकती। वहाँ तक पहुँचने के लिए, कोशिश करते दम सा घुटने लगता है। मेरे शब्द लाचार से लगते हैं। तब उन्होंने कहा था कि तुम ऐसे ही क्यों नहीं लिख देतीं, जैसा कि कह रही हो। सुन भर कर जब ऐसा लगता है, तो जब हुआ होगा, तो क्या हुआ होगा?

उनकी बात सुनकर मैंने सोचा कि चलो करके देखती हूँ, शायद कुछ कर पाऊँ। नहीं हो पाया तो न सही, इतने सालों से भी तो नहीं हो सका। नहीं लिख पायी। एक बार ट्राई करने में क्या हर्ज़ है।

सालों पहले की बात। शाम का वक़्त। सड़क पर भीड़ ही भीड़। सड़क के उस पार जाना था। मैं रुककर रेड लाइट का इन्तज़ार करने लगी। लगता था कि तेज़ दौड़ता वाहन अभी दूर है, अगला क़दम उठाती ही थी कि वह बिल्कुल पास, गले तक आ जाता था। तेज़ रफ़्तार दूर से थमी सी लगती है, मगर होती नहीं। जैसे–तैसे उस पार पहुँची। डर लग रहा था कि चार्टर्ड बस कहीं निकल न गयी हो। तब आने–जाने के लिए डीटीसी की भीड़ से बचने के लिए आफ़िस पहुँचने के लिए इन्हीं बसों का सहारा लेना पड़ता था। सरपट दौड़ती गाड़ियाँ हमेशा पास से निकलती थीं।

सड़क पार उधर पहुँची। खैरियत थी कि बस अभी तक नहीं आयी थी। कई लोग खड़े थे। सबकी आँखें उधर ही लगी हुई थीं, जिधर से बस आती थी। क्या पता रास्ते में ख़राब हो गयी हो, आयी ही न हो, पुलिस वाले ने पकड़ ली हो। बस आयी तो सबको पहले चढ़ने की जल्दी थी। क्या पता सीट न मिले और पूरा रास्ता हिचकोले खाते, खड़े–खड़े ही तय करना पड़े या क्या पता, बस कहीं उन्हें छोड़कर चली जाये। मैं भी चढ़ी तो आगे की सीट ही ख़ाली थी। आगे की दो सीटें लेडीज़ के लिए रखी जाती थीं। खिड़की की सीट वैसे ही बहुत अच्छी लगती थी। बाहर का सबकुछ देखते रह सकते थे। बैठने, उतरने में भी आसानी। तभी सफ़ेद सलवार–कुर्ता जिसमें सुनहरी बार्डर लगा था, पहने एक औरत पास आकर बैठ गयी। उसके हाथों की सभी उँगलियों में एक से एक सुन्दर अँगूठियाँ थीं। सबकी सब हीरे की। उसके बाल कटे थे और मेहँदी से रंगे भी थे। पतली, गोरी और सुन्दर नाक–नक्श वाली। उससे नज़रें मिलीं, तो वह मुस्कराई, मैं भी। फिर वह अपने हाथ की फ़ैशन मैगज़ीन पढ़ने लगी। मैगज़ीन अंग्रेज़ी की थी। वह पन्ने पलटती रही। मैगज़ीन के रंग–बिरंगे फ़ोटोज़ पर मेरी भी नज़र फिसलती रही। फिर मैं भी बाहर देखने लगी। बस चल रही थी। रुक रही थी। जगह–जगह से सवारियाँ उठा रही थी। पीछे की सीट पर बैठे लोग हमेशा की तरह ताश खेल रहे थे। बस का कंडक्टर सवारियों से पैसे इकट्ठे कर रहा था।

ड्राइवर तेज़ आवाज़ में गाने सुन रहा था। उसके पास बैठा लड़का ठिठोली कर रहा था और ड्राइवर लगातार बनावटी ग़ुस्से से कह रहा था कि साले चुप हो जा, वरना कान के नीचे दूँगा एक सूतकर। लेकिन लड़का दाँत फाड़ता हुआ धीरे–धीरे कुछ कहे ही जा रहा था। मेरा स्टॉप आने वाला था, थोड़ी देर बाद मैं उतर गयी। कुछ आगे चलकर पीछे मुड़कर देखा, तो वही औरत जल्दी–जल्दी चली आ रही थी। पास आकर बोली–यहाँ कहाँ रहती हैं आप? मैंने बताया तो वह बोली–मैं भी सामने के फ़्लैट्स में ही रहती हूँ। फिर हाथ आगे बढ़ाती बोली–दीपा एंड यू।

मैंने कहा–मीना।

–गुड। कभी घर आइए।

ज़रूर। कहती हुई मैं आगे बढ़ गयी। वह भी।

उस दिन के बाद से अक्सर दीपा मिल जाती। अगर पहले बस में चढ़ी होती तो मेरे लिए सीट रोककर रखती, मैं भी ऐसा ही करने लगी। धीरे–धीरे ऐसा होने लगा कि रास्ते भर हमारी बातें होती रहतीं। कब स्टॉप आ जाता पता ही नहीं चलता। कई बार वह अपने परिवार के साथ बाज़ार में या किसी चाय की दुकान और रेस्टोरेंट में खाते–पीते मिल जाती। धीरे–धीरे हम एक–दूसरे के परिवार को पहचानने लगे। बस यात्रा की बातचीत में परिवार भी शामिल होने लगा कि कैसे कल उसके पति रवि की बाइक का टायर पंक्चर हो गया कि कल उसकी बेटी आराधना को स्कूल के बैडमिंटन मैच में मेडल मिला है कि कल रात तो उसने खाना बनाने की हड़ताल कर दी। कहा कि हर रोज़ वही क्यों खाना बनाती रहे, तो बेटी ने सैंडविच बनाये।

एक शाम वह उमगती हुई आई, अपने पर्स को लगभग मेरी गोद में फेंकते हुए, धम्म से सीट पर बैठ, बोली–यार मीना मज़ा आ गया। आई एम ऑन टॉप ऑफ़ द वर्ल्ड। मेरा सपना पूरा हो गया है। कल मिठाई खिलाऊँगी। मुझे लगा कि शायद उसे प्रमोशन मिला होगा, या उसके पति को अच्छा पैकेज अथवा लड़की ने टॉप किया होगा।

लेकिन पता चला कि सरकारी योजना में उसका डेढ़ सौ गज का प्लॉट निकला है। फिर बोली—मैं हमेशा से चाहती थी कि ऐसा घर हो जिसकी छत अपनी हो। ख़ूब फूल—पौधे लगा सकूँ। मनचाहा सोफ़ा रख सकूँ। बालकनी में बैठकर सन सेट या सूरज का निकलना देख सकूँ। मुझे लगता है कि मैं बहुत लकी हूँ। यू नो व्हाट किसी ने मुझे इन प्लाट्स के बारे में बताया था। मैं सोचती रही कि मिलना—मिलाना तो कुछ है नहीं, किसलिए पैसा फँसाऊँ। फिर लगा कि ज़्यादा से ज़्यादा क्या होगा नहीं मिलेगा न। हो सकता है मिल जाये, लेकिन अगर एप्लाई नहीं किया, तब तो सौ फ़ीसदी ही नहीं मिलेगा। इसलिए भाग—दौड़कर आख़िरी दिन ड्रॉफ्ट बनवाया, फॉर्म जमा किया। पूरा दिन लाइन में लगे—लगे निकल गया। आफ़िस भी नहीं जा पायी। अब लग रहा है कि उस दिन की सारी थकान जैसे उतर गयी। अब तो बड़ा सा घर बनाऊँगी और पैर फैलाकर सारे घर में रहूँगी, लेकिन बड़े घर की मुसीबत कितनी है। एक दिन मेड न आये, तो सफ़ाई करते ही पूरा दिन बीत जायेगा। मैंने कहा, हालाँकि फ़ौरन मुझे लगा कि शायद उसे लगेगा कि उसे प्लॉट मिल जाने से मैं जेलस हो रही हूँ। मिडिल क्लास में कितनी छोटी—मोटी बातों पर ऊँच—नीच होती रहती है।

लेकिन वह तो अपने बड़े चमकीले मकान के सपने में खोयी थी। अधमुँदी आँखों से बोली—उसकी चिन्ता नहीं। मैं तो जब तक घर में रहती हूँ हमेशा सफ़ाई ही करती रहती हूँ, बल्कि मेरे हसबैंड को चीज़ें इधर—उधर फैलाने की बहुत आदत है। मैं उनसे भी बहुत काम कराती हूँ। सवेरे से मैं तो बस झाड़न ही हाथ में पकड़े रहती हूँ। उसने किलकते हुए कहा।

—और खाना। तब खाना कैसे पकता होगा जब दिनभर सफ़ाई ही करती रहती हो?

—उसके लिए कुक है। हालाँकि वह तो बस नाम भर को ही है। खाना ख़ुद ही पकाती हूँ। सफ़ाई के लिए भी मेड है, मगर जब तक अपने हाथ से न कर लूँ सेटिस्फेक्शन नहीं होता। मुझे घर में डस्ट का एक कण भी बर्दाश्त नहीं है।

–यहाँ किराये पर रहती हैं।

–नहीं यह फ़्लैट भी अपना है। शादी के बाद सबसे पहला काम मैंने फ़्लैट लेने का ही किया था। कौन इतना किराया देता कि सैलरी ही किराये में निकल जाती। अपना घर और जो किराया देते उससे ई एम आयी निकल गयी और अब तो इस प्लॉट को बना लेंगे। और इस फ़्लैट को किराये पर चढ़ा देंगे परमानेंट इनकम हो जायेगी। वैसे भी आजकल प्राइवेट जॉब का कोई भरोसा तो है नहीं। आज है कल नहीं। प्रॉपर्टी का यह है कि वह सच्ची दोस्त होती है। हमेशा साथ निभाती है। मेरे हसबैंड और बेटी तो इतने एक्साइटेड हैं कि आज रात ही हम सब ताज में खाने जा रहे हैं।

डेढ़ सौ गज का प्लॉट उसके लिए इतनी ख़ुशी लेकर आया था कि ख़ुशी सँभाले नहीं सँभल रही थी। उसका चेहरा बार–बार दमक उठता।

वह हर बार उमगती और कुछ नया बताती।

जैसे कि उसके आफ़िस के बहुत से लोगों ने प्लॉट के लिए एप्लाई किया था, मगर सिर्फ़ उसका ही निकला। पूअर चैप्स। बैड लक। कभी–कभी लगता है कि जो कुछ आप दिल से चाहें तो पूरी कायनात आपका साथ देती है। मेरी घर बनाने की दिली तमन्ना थी, भगवान ने पूरी कर दी। क़िस्मत ने साथ दिया। क़िस्मत साथ न दे तो कुछ नहीं हो सकता। फिर उसने पूछा–तुम क्या सारी ज़िन्दगी फ़्लैट में ही रहोगी। कभी सोचना भी मत। जल्दी से जल्दी लैंड लेकर घर कंस्ट्रक्ट कर लो। यह भी क्या नीचे कोई, ऊपर कोई, हम बीच में टँगे हैं। सोना चाहें तो कोई ऊपर से ठक–ठक करने लगे। ऊपर वाले काम करायें और सील आपके घर में आ जये। और मैंने तो यह भी सोच लिया है कि कौन से कमरे में कैसा, किस रंग का पेंट होगा। टाइल्स कैसी लगेंगी। हम तो साथ के साथ चार मंज़िल बना लेंगे। बाद में कौन बनाने का झँझट पालेगा। दो मंज़िलों पर रहेंगे। हैं ही कितने जन सिर्फ़ तीन ही तो। बाक़ी दो मंज़िलों को भी किराये पर दे देंगे। वैसे हम अपने बेडरूम फर्स्ट फ्लोर पर ही रहेंगे।

किचन और बड़ा सा ड्राइंगरूम नीचे। जिसमें रखने वाला फर्नीचर मैं ख़ुद खड़ी होकर बनवाऊँगी। मुझे अपनी पसन्द की चीज़ चाहिए तो चाहिए। इसके लिए मैं अपने हसबैंड तो क्या, माँ–बाप पर भी भरोसा नहीं करती। उसकी बात सुनकर मैं मुसकरा उठी। उसकी ख़ुशी यह कहकर आख़िर कम क्यों करती कि अब तक जब उसके पास प्लॉट नहीं था, वह भी फ़्लैट में ही रहती आयी है और जब तक उसका घर बनेगा, तब तक भी उसे फ़्लैट में ही रहना होगा। अपने सपने हमेशा अच्छे लगते हैं। उसे सपनों में ही रहने देना चाहिए।

क्रिसमस ब्रेक का लांग वीक एंड आ गया। शायद बहुत से लोग अब भी नहीं लौटे थे, इसलिए बस में अब भी कम भीड़ थी। दीपा भी नहीं दिख रही थी।

वह कई दिन बाद दिखी तो जैसे फट पड़ी। अरे यार बैठे–बिठाए मेरी मदर इन ला बीमार पड़ गयीं। दौड़कर आगरा जाना पड़ा। अब हसबैंड उन्हें यहीं ले लाए हैं। सारी छुट्टियों की वाट लग गयी। भाग–भागकर जोड़–जोड़ दुख रहा है।

–आगरा में और कोई नहीं है।

नहीं एक देवर है। वह तो मुम्बई में रहता है। हम यहाँ पास रहते हैं, तो हमें ही दौड़ना पड़ता है।

एक शाम जब मैं दर्जी की दुकान पर खड़ी थी तो पीछे से किसी ने पीठ पर हाथ रखा। दीपा थी। चहकते हुए बोली–आज तो पकड़ी गयीं। कोई बहाना नहीं चलेगा। सामने मेरा घर है, चलो। वह लगभग हाथ पकड़कर घसीटते हुए मुझे ले गयी।

बैठाकर फ़ौरन खाने–पीने का सामान ले आयी। मैंने कहा–कुछ नहीं चाहिए। थोड़ी देर पहले ही नाश्ता किया है।

जो ठीक लगे वह खा लो। अभी चाय बनाती हूँ।

नहीं रहने दो। चाय का मेरा कोटा पूरा हो चुका है। सवेरे के बाद मैं चाय नहीं पीती हूँ। मत बनाओ। बैठो। बात करते हैं। तुम्हें कुछ करना तो नहीं है।

नहीं घर में कोई है नहीं। आज मैंने खाने की छुट्टी कर दी है। जब तक हसबैंड अमेरिका से नहीं लौटेंगे मैं और बेटी बाहर से मंगा कर खायेंगे। यू नो आज़ादी, आज़ादी।

हाँ है तो। खाने के बारे में लगता ये है कि अरे क्या बस खाना ही तो बनाया। मगर एक दाल भी बनाओ तो पहले उसे बीनो। धोओ। पकाने के लिए रखो। झाग उतारो। सीटी बन्द करो। फिर छौंक के लिए अदरक, हरी मिर्च, धनिया, लहसुन, प्याज काटो। फिर छौंक लगाओ। ले जानी हो तो ठण्डी करो। और खाने–नाश्ते में सिर्फ़ दाल ही तो नहीं बनानी होती, न जाने कितनी चीज़ें बनानी पड़ती हैं। फिर ये भी है कि अच्छी नहीं बनी। मगर तुम्हारा तो कुक था।

--छोड़कर भाग गया। मदर इन ला ने बिस्तर पर पड़े–पड़े ही इतना डाँटा कि दो दिन बाद ही नहीं आया। इन मदर इन लाज़ को लगता है कि बहू के रहते खाना बनाने के लिए घर में कोई और क्यों चाहिए।

–अरे हाँ, उनकी तबियत कैसी है। कहाँ हैं वह?

आगरा। ठीक हुईं तो मैंने हसबैंड से कहा कि उन्हें छोड़ आयें। कब तक करूँ। वह अकेली हों तो भी कर भी दूँ। साथ में हमेशा एक पूँछ लगाये रहती हैं।

–पूँछ कौन?

अरे मेरे देवर की लड़की।

वही जो मुम्बई में रहते हैं।

हाँ।

तो वह अपने माता–पिता के साथ नहीं रहती है।

माँ कहाँ है उसकी।

नहीं है। मतलब डेथ...

अरे नहीं....नहीं। अब क्या बताऊँ। देवर और उसकी बीवी की शुरू से ही नहीं बनी। यह लड़की जब पन्द्रह दिन की थी तब इसकी माँ के घर वाले आये। और बोले कि हम अपनी लड़की को ले जा रहे हैं, तुम अपनी लड़की को रखो।

अरे, पन्द्रह दिन की बच्ची को छोड़ गये।

हाँ। फिर माँ कभी लौटकर नहीं आयी। तलाक़ के बाद उसने भी दूसरी शादी कर ली। देवर ने भी कर ली।

रह गयी यह बच्ची। मैंने दुख से कहा–माँ–बाप भी कितने सेल्फिश हो जाते हैं। इस बच्ची का क्या कुसूर।

हाँ, तब से मदर इन ला के साथ ही रहती है। जहाँ जाती हैं अपने साथ ले जाती हैं। मैं उनसे कहती भी हूँ कि देवर से कहें कि अपनी बच्ची को साथ रखे। पता नहीं कभी कहती भी हैं या नहीं, भगवान जाने। मदर इन ला को जल्दी भेजने का कारण वह लड़की भी है। जब देखो तब उसका पक्ष लेती हैं। मेरी लड़की को इग्नोर करती हैं और चाहती हैं कि मैं भी ऐसा ही करूँ। मैंने तो एक दिन ग़ुस्से में अपने हसबैंड से कह दिया कि यह नहीं चलेगा। हम अपनी लड़की के लिए पहले हैं। यह क्या कि मेरी लड़की आराधना अपने ही घर में नेग्लेक्ट हो, बल्कि मैंने तो अल्टीमेटम ही दे दिया कि मदर इन ला को आना हो तो अकेली आयें। वह लड़की इस घर में नहीं आयेगी।

देर बहुत हो गयी थी। मैं उठ खड़ी हुई। वह कहती ही रह गयी कि अभी थोड़ी देर बैठो। साथ लंच करते हैं। मगर मैंने कहा कि फिर कभी। और तुम भी आओ न मेरे घर।

घर लौटते हुए दिमाग़ में वह बच्ची ही घूमती रही जिसकी माँ ने उसे पलटकर नहीं देखा। नहीं सोचा कि उसका क्या होगा। रह–रहकर अपनी बच्ची याद आती। दिल दहल उठता। एक बच्ची के माँ–बाप हैं दुनिया में मगर उनके रहते हुए भी वह दूसरों के भरोसे रहने को मजबूर है। दीपा के बारे में भी सोच–सोचकर लग रहा था। इतना पूजा–पाठ करती है। हर मन्दिर के आगे हाथ जोड़ती चलती है। उस बच्ची पर ज़रा सी दया क्यों नहीं आयी क्या उसे नहीं लगा होगा कि उसकी बच्ची के साथ भी ऐसा हो सकता है। लेकिन यह भी लगने लगा मैं भला फ़ैसला देने वाली कौन। जजमेंटल होना तो वैसे भी आसान ही है। जिस पर बीतती है वही जानता है।

दीपा की अँगूठियाँ, उसके घर की साज–सज्जा और उस अनदेखी बच्ची की आँखें रात को लगातार दिमाग़ में घूमती रही। घर में किसी से कहती तो मेरा मज़ाक़ ही बनता, अपने दुख न हों तो दूसरों के दुख उधार ले आओ।

कुछ दिनों बाद कम्पनी ने घर से लाने ले जाने के लिए कैब लगा दी इसलिए अब निर्मल टॉवर तक चलना भी न हो पाता। लौटते हुए बच्चों के लिए रास्ते से जो फल ख़रीदती उन्हें दोपहर में लंच के वक़्त ही जाकर ले आती। आफ़िस के लोग ख़ूब चुहल करते कि आजकल जब से कैब लगी है फल खा–खाकर हेल्थ बना रही हूँ। पहले तो मेरी हेल्थ का राज पूछते थे कि किस चक्की का आटा खाती हूँ। अब कहते कि हेल्थ का राज पता चल गया–हर रोज़ के ढेरों फल।

कैब से जाने–आने लगी तो दीपा से मुलाक़ात भी बन्द हो गयी। उसका लैंड लाइन नम्बर था। कई बार सोचती कि फ़ोन करूँगी मगर हर बार कुछ और काम करने लगती, किसी और बात में उलझ जाती। आज की तरह मोबाइल तो थे नहीं कि जब चाहे बात कर लेती। कम्प्यूटर भी नहीं थे कि मेल कर देती। व्हाट्सएप पर जुड़ी रहती।

एक दोपहर लंच करके फल ख़रीदने के बारे में सोच रही थी कि रिसेप्शन से फ़ोन आया कि कोई मिलना चाहता है। मैंने कहा कि मैं आ ही रही हूँ। वहीं बिठाएँ। पहुँची तो दीपा थी। दौड़कर गले मिली–अरे डार्लिंग ऐसा लग रहा है कि तुम चाँद पर चली गयी हो। कहाँ हो आजकल। बस में नहीं आतीं। क्या कार ले ली है?

मैंने उसे कैब के बारे में बताया तो वह किलकते हुए बोली–नाश हो इस कैब का। दो दोस्तों को अलग कर दिया। फिर शिकायत करती बोली–घर भी कभी नहीं आयीं।

कैंटीन में बैठकर हम गपशप करने लगे। उसने बताया कि उसकी मदर इन ला की डेथ हो गयी कि अचानक मुझे उस बच्ची का ख़याल आया। मैंने उसके बारे में पूछा तो उसने काफ़ी सिप करते हुए कहा–वह भी नहीं रही।

—मतलब।

मदर इन ला की डेथ के बाद हमने उसे कुछ दिन तो अपने पास रखा। मगर कब तक रखते। हमने उसे उसके पिता के पास मुम्बई भेज दिया। वहाँ तुम तो जानती ही हो अपनी माँ न हो तो कौन किसके बच्चे की परवाह करता है। एक दिन पहाड़ी पर चढ़कर उसने समुद्र में छलाँग लगा दी।

—फिर।

—फिर क्या। ख़त्म हो गयी।

एक बच्ची का ऐसा अन्त। सिर घूमने सा लगा। काफ़ी पी नहीं गयी। लंच का टाइम भी ख़त्म हो गया था।

मैं उसके साथ बाहर तक आयी चलते हुए मेरा हाथ दबाते बोली—घर बन गया है। ड्रीम हाउस। जल्दी ही गृह प्रवेश करेंगे। चाहे छुट्टी लेनी पड़े मगर आना ज़रूर।

मैंने कहा—ज़रूर आऊँगी।

सामने कितना कुछ था। चमकते सजे—सँवरे औरतों—आदमियों की भीड़ थी। एक से एक आसमान से बातें करती इमारतें थीं। फूल, पत्ते—पेड़, पौधे, दौड़ती—भागती कारें थीं। हर सामान से बाज़ार भरा पड़ा था, मगर कहीं भी एक ऐसी बच्ची की जगह नहीं थी जिसे उसके माता—पिता ने जन्मते ही किसी कूड़े की तरह घर से बाहर दम तोड़ने के लिए छोड़ दिया था। जब समुद्र में वह कूदी होगी, उससे पहले उस पर क्या गुजरी होगी, मैं लगातार इस बारे में सोचती रही हूँ। उसके दिमाग़ को पढ़ने की हर कोशिश बेकार होती रही है। उसके दुख और अकेलेपन को कहने के लिए क्या सचमुच मेरे पास शब्द हैं। नहीं, नहीं, कभी नहीं। उस तक कैसे पहुँचूँ यह लगातार ही सोचती रही हूँ, मगर जब भी लिखने बैठी लगा कि हाथ ही नहीं उठ रहे हैं। एक बच्ची जिसे जीने के मुकाबले जीवन को ख़त्म करना आसान लगा। वह कभी किसी ख़बर का हिस्सा नहीं बनी। वह किसी के लिए ज़रूरी नहीं थी, इसलिए ख़त्म हो गयी।

नया ज्ञानोदय : **जनवरी 2019**

एक सदी की आहट-आहट

ये तीन हज़ार पचास की सदी के दिन थे। पिछली सदियों की ग्लोबल वार्मिंग और ग्लेशियर्स के पिघलने, समुद्र तटों के डूब जाने की घोषणाओं के बावजूद ऐसा नहीं हुआ था। मुम्बई और चेन्नई अभी तक सही--सलामत थे। वे बार–बार की डरावनी घोषणाओं के बावजूद अभी तक नहीं डूबे थे। हाँ, सुनामी सैकड़ों बार दस्तक दे चुका था। लोग उससे बचना सीख गये थे। सुनामी की घोषणा करने वाले ऐसे यन्त्र विकसित हो चुके थे, जो छह महीने पहले इसकी घोषणा कर देते थे इससे लोग पहले ही माल–असवाब समेटकर सुरक्षित जगह चले जाते थे। सारी राजनीति एप्स के ज़रिये चलती थी। लोग अपने नेताओं को साक्षात् नहीं देख पाते थे। न कोई नेता अब भीषण गर्मी में धूल फाँकता और सर्दी में मंच पर बैठा दाँत किटकिटाता नज़र आता था।

कागज़ की इंडस्ट्री अरसा पहले बन्द हो चुकी थी। बच्चों को बताना पड़ता था कि कभी पिछली सदियों के बच्चों को किताबों–कॉपियों से पढ़ना पड़ता था। अख़बार और पत्रिकाएँ निकलती थीं। कागज़ के लिफ़ाफ़ों में सामान मिलता था। बच्चों को कागज़ की कॉपियों पर इम्तिहान देना पड़ता था। किताबों से क्लास में पढ़ाई होती थी। क़िताबों को रखने के लिए बड़ी–बड़ी लाइब्रेरीज़ होती थीं। बैंक के सारे काम कागज़ चेक से होते थे। प्रॉपर्टी के लेन–देन अदालतें, सरकारी काम–काज सब में कागज़ की ज़रूरत पड़ती थी। बच्चों की समझ में नहीं आता था कि यह सब कैसे होता होगा। एक क़िताब से कुछ ढूँढ़ने के लिए कितना समय बरबाद करना पड़ता होगा।

यही नहीं अख़बार अपने–अपने कुछ संस्करणों के साथ म्यूज़ियम्स की शोभा बढ़ा रहे थे। उनके पढ़ने वाले बहुत पहले ख़त्म हो चुके थे।

दुनिया के दादा अमेरिका की हालत यह थी कि सब कुछ लुट–पिट गया था। हर रोज़ आने वाले समुद्री तूफ़ान, बाढ़, भूकम्प और हर देश के आतंकियों की शरणस्थली होने के कारण दुनिया के दारोगा की जगह वह भिखारी हो गया था। कहीं से टेक्नोलॉजी माँगता था, तो कहीं से भूख से निपटने के तरीक़े। वहाँ के लोगों के लिए एशिया ख़ासकर भारत सपनों का देश था। जहाँ पढ़ाई, नौकरियों और पैसे की कोई कमी नहीं थी। भारत का एक रुपया एक हज़ार डालर के बराबर था। रुपया गिरता था तो अमेरिका में त्राहि–त्राहि मच जाती थी। हाल यह हो गया था कि बोरी भर डालर के मुकाबले मुट्ठीभर अनाज मिलता था। सारी अमेरिकी ब्रांड्स का दिवाला निकल गया था। वहाँ के बहुत से मशहूर ब्रांड्स भारतीय पैकिंग–पैकेजिंग में धाक जमा रहे थे। वहाँ के बच्चे भारत के बारे में सोचते थे कि किसी तरह यहाँ का वीजा मिल जाये तो अपना भविष्य सँवार लें।

हालाँकि यू. एन. की भी अब कोई नहीं सुनता था। पिछली सदियों में महाशक्तियों ख़ासकर अमेरिका का पिछलग्गू होने के कारण यू. एन. की यह गति हुई थी। अब जब अमेरिका ही बाकियों के सामने गिड़गिड़ा रहा था, कटोरा लेकर खड़ा था तो यू. एन. को कौन पूछता। जो बोया था, वह काटना पड़ रहा था। बोया पेड़ बबूल का आम कहाँ से खाय। कोई सुने न सुने मगर यह दिखाना तो पड़ता ही था कि दुनिया में यू. एन. नाम की कोई संस्था है।

पिछले दिनों उसने अभियान चलाया था कि लड़कों को भी पढ़ने–लिखने और आगे बढ़ने का मौका दें। उन्हें घर से निकालकर समाज की मुख्य धारा में लाएँ। इस तरह के अभियान सामाजिक संस्थाओं, सरकारों, स्कूलों, कॉलेजों आदि के द्वारा चलाये जाएँ कि दुनिया में लड़का होना कोई अपराध नहीं है। लड़का अन्तरराष्ट्रीय वर्ष घोषित किया गया था।

उन संस्थाओं, डॉक्टरों पर कठोर कार्रवाई की जाये जो भ्रूण में लड़के का पता लगा के उसे जन्म से पहले ही मार देते हैं। उन क़ानूनों की भी आलोचना की गयी थी, जो लड़कों को जन्म से ही अपराधी मानते हैं। उन पर तरह–तरह के क़ानून लादते हैं। आख़िर कोई भी क़ानून ऐसा होना चाहिए जो सबकी रक्षा करे। तब ऐसे क़ानून अब तक दुनिया में क्यों हैं, जो लड़कों को दोयम नहीं ज़ेड ग्रेड की सिटीजनशिप सौंपते हैं और सबकी बराबरी तथा लोकतान्त्रिक अधिकारों तथा सभी के बराबर अधिकारों का राग अलापते हैं। क्या ईक्वलिटी, फैटरनिटी, लिबर्टी की बातें मात्र दिखावा हैं। सारे क़ानून समानता की बातें करते हैं, मगर समाज के एक हिस्से को विकास के हर दावे के बावजूद विकास के हर क़दम शिक्षा, रोज़गार, चल–अचल सम्पत्ति में हिस्सा आदि से दूर रखा गया है। हर जाति, हर धर्म में लड़कों की यही हालत है। बहुतों को तो पैदा होते ही कुत्ते–सूअरों से नुचवाने के लिए कूड़े के ढेर पर फेंक दिया जाता है।

भारत में भी ऐसे अभियान चल रहे थे। लड़कों के लिए पार्लियामेंट में पचास प्रतिशत आरक्षण की माँग की जा रही थी। सभी अपनी–अपनी पार्टी लाइन को छोड़कर इसका समर्थन कर रहे थे, मगर ऐसा हो नहीं पा रहा था क्योंकि हर जगह औरतों का बहुमत था। दहेज क़ानून औरतों के पक्ष में था, मगर उनके माता–पिता लड़के वालों से इतना दहेज माँगते थे कि लड़के वालों की कमर टूट जाती थी। लड़कों की भ्रूणहत्या का एक बड़ा कारण, उनकी शादी में भरी–भरकम दहेज देना माना जाता था। सब कहते थे कि पहले लड़कों को पढ़ाओ–लिखाओ, जब वे कमाने लायक हों तो दूसरे के घर चले जायें। ऊपर से शादी में घर–बार गिरवी रखकर दहेज भी दो। फिर यह पता नहीं कि शादी के बाद वे कितने दिन ज़िन्दा रहेंगे। लौटकर माँ–बाप की छाती पर ही तो न आ बैठेंगे। अक्सर लड़कियों की माँएँ यानी कि उनकी सासें, उन्हें दहेज के लिए जलाकर मार देती थीं और उनकी कहीं कोई सुनवाई भी नहीं होती थी। इसे घरेलू मामला कहकर रफ़ा–दफ़ा करने की कोशिश भी की जाती थी।

लड़के बड़ी मात्रा में अशिक्षा, कुपोषण और घरेलू हिंसा के शिकार थे। उनके घर से बाहर आने–जाने पर पाबन्दी थी। अगर उन्हें कहीं जाना भी हो तो किसी लड़की के साथ जायें, वरना उनकी सुरक्षा के लिए भारी ख़तरा था।

हालाँकि उनके लिए तरह–तरह के सजावटी सामानों, फ़ैशनेबल कपड़ों से दुकानें सजी थीं। कम्पनियाँ उन्हें पोटेंशियल बायर की तरह देखती थीं। इसीलिए अपने माल को बेचने के लिए जो भी कैम्पेन चलाये जाते थे, उनमें लड़कों के हितों और मुक्ति की बात किसी चाय को पीने, किसी घर में रहने, किसी कार को ख़रीदने अथवा किसी ट्रेवल डेस्टीनेशन पर जाने के लिए की जाती थी। उनकी त्वचा को चमकाने के लिए बाज़ार में न जाने कितने तरह के लोशन, क्रीम और फाउंडेशन तथा पाउडर, फेसवाश आदि उपलब्ध थे।

बसों में लड़कों के लिए अलग से सीटों का रिजर्वेशन था। उनके लिए दहेज विरोधी क़ानून बनाये जा रहे थे। उनकी शिक्षा बढ़ाने के लिए दुनियाभर में प्रयास चल रहे थे। हालत यह थी कि स्कूलों में लड़कियाँ दो सौ प्रतिशत थीं और लड़के इक्के–दुक्के ही दिखाई देते थे।

सड़कों पर लड़के निकलते तो उन्हें छेड़खानी, अपहरण और बलात्कार का सामना करना पड़ता। हर रोज़ उपग्रहों के ज़रिये ऐसी ख़बरें आती थीं। बात–बेबात उन्हें मारा–पीटा जाता। बलात्कार के शिकार लड़कों को समाज का इतना बहिष्कार झेलना पड़ता था कि उनमें से बहुत से आत्महत्या कर लेते। कई लोग सुझाव देते थे कि अगर लड़कों को इस तरह के अत्याचार से बचाना है, तो मसें भीगते ही उनकी शादी कर देनी चाहिए। उन्हें ऐसे कपड़े पहनकर बाहर नहीं निकलना चाहिए, जिनमें से उनके शरीर के अंग झाँकते हों। आख़िर बुरी नज़र से बचने के लिए ख़ुद ही प्रयास करने पड़ते हैं। लड़कों की सुरक्षा के लिए जगह–जगह जूडो–कराटे आदि की क्लास लगायी जाती थीं, उन्हें सिखाया जाता था कि अगर वे लड़के जन्मे भी हैं, तो दुनिया में किसी से कम नहीं हैं। मगर इन बातों से

कुछ ख़ास फ़र्क़ नहीं पड़ता था। बसों, मेट्रो और ट्रेनों के हर डिब्बे में उनके लिए सीटें आरक्षित थीं, मगर कोई उन्हें सीट नहीं देता था। खड़े लड़कों को इतनी धक्का–मुक्की झेलनी पड़ती कि वे परेशान हो जाते। अक्सर ऐसी शिकायतें सुनने को मिलतीं कि आज उस लड़के की जेब कट गयी, आज किसी ने उसे चिकोटी काटी। आज उसका मोबाइल छीन लिया। आज अँधेरे में लड़कियों के एक गैंग ने उसे चाकू मार दिया।

लड़के जब घर से बाहर निकलते तो माताएँ सलाह देतीं कि अकेले रात–बिरात न लौटें। ग्रुप्स में चलें। टैक्सी लेने से पहले उसका नम्बर घर मैसेज कर दें। किसी अनजान को अपना नम्बर न दें। किसी अनजान की दी हुई चीज़ न खायें। किसी के साथ अकेले होटल में न जायें, कहने का मतलब यह कि सिर्फ़ बाहर वाली ही नहीं, किसी घर की लड़की का भरोसा भी न करें। क्योंकि चाहे घर हो या बाहर लड़कों के प्रति सोच सबकी एक जैसी ही है। मंच पर लाखों भाषणों और मीडिया में लम्बे–लम्बे अभियान चलाये जाने के बावजूद सोच नहीं बदली है। जो लोग बाहर निकलकर लड़कों के एंपावरमेंट की रात–दिन क़समें खाते हैं, वे घर पहुँचकर वैसे ही हो जाते हैं, लड़कों के हन्ता। डोमेस्टिक वायलेंस करने वाले, रेप करने वाले, रात–दिन उन्हें काम पर जोतने वाले और रूखा–सूखा खिलाकर सन्तोष की बात करने वाले।

शहर तो शहर गाँवों में अब कहीं भी सरसों, गेहूँ, मक्का, ज्वार, बाज़रा, सब्ज़ियाँ, फल नहीं मिलते थे। इन्हें पोषण वाली गोलियों में बदल दिया गया था। सब वे ही खाते थे। कहीं–कहीं ज़रूर रोटी मिलती थी, जो बहुत महँगी थी। अमीर लोग भी उसे कभी–कभी ही खा सकते थे।

खेत, पशु सब चित्रकला प्रदर्शनियों में दिखाई देते थे। लोग देखकर हैरान होते थे कि कभी इस धरती पर ऐसी चीज़ें भी होती थीं। पिछली सदी तक और अब ये सब लुप्त हो गयीं।

टूरिज्म बहुत बढ़ गया था। मंगल, चाँद यहाँ तक कि शनि और जुपिटर पर भी लोग आने–जाने लगे थे। वहाँ पर प्रॉपर्टीज़ ख़रीद रहे थे।

कई तो कहते थे कि उन्हें चाँद पर बेहद ख़ूबसूरत लोग दिखे थे। वहाँ चारों ओर खुशियाँ ही खुशियाँ थीं। वे अन्य ग्रहों से आने वाले राक्षसों से भी मिल चुके थे।

ऐसे ही एक बार एक घर से रोने–पीटने की आवाज़ें आ रही थीं। एक औरत बाहर दौड़ती आयी थी और उसने अपनी माइक्रोवेव को बाहर फेंक दिया था। सारी पोषक तत्त्वों से भरी गोलियाँ कूड़े की शोभा बढ़ा रही थीं। पता चला कि घर में चौथा लड़का हुआ था। बहू के आँसू ही नहीं रुक रहे थे। सास की सहेली कह रही थीं–ये भगवान भी कितना अन्याय करता है। पड़ोसी के घर में छह–छह कुंगड़ लड़कियाँ हैं, तो देखा नहीं, कैसे तन के चलता है और एक यह घर है कि लड़के पर लड़के हुए जा रहे हैं। बताओ आज के इस बुरे ज़माने में कैसे तो ये पलेंगे। कैसे बिना किसी बहन के सहारे घर से बाहर निकलेंगे। इन सबकी शादी में देने के लिए दहेज कहाँ से आयेगा। कितना कहा था कि टेस्ट करा ले मगर इस बार सबको लड़की की उम्मीद थी। ज्योतिषी और पण्डित ने भी कहा था कि लड़की ही होगी। लड़की हो तो हीरे की अँगूठी से कम न लूँगा और लड़का हुआ तो उसका नामकरण तक करने नहीं आऊँगा।

वैसे भी अक्सर कोई लड़कों का नामकरण नहीं कराता था। न ही जन्मदिन मनाता था। पराई अमानत को क्यों इतना महत्व दिया जाये। घर की हर अच्छी चीज़ खाना, कपड़ा, जेब ख़र्च, घूमने–फिरने की आज़ादी, बाहर भेजकर पढ़ाई, शिक्षा के लिए लोन, पहले लड़कियों को मिलता था। उनसे कुछ बच जाये तो लड़कों का नम्बर आता था। लड़के बुरी तरह से कुपोषण का शिकार थे। लड़कों को बचाने की न जाने कितनी सरकारी योजनाएँ चलायी जा रही थीं। लड़कों की भ्रूणहत्या के ख़िलाफ़ क़ानून भी था, फिर भी उनकी संख्या लगातार कम होती जा रही थी। वे प्रति हज़ार लड़कियों के मुकाबले मात्र तीन सौ पैंतीस ही रह गये थे। उनकी औसत आयु रोज़ घट रही थी। इसके बावजूद उन्हें रात–दिन इस बात के लिए कोसा जाता था कि वे इस धरती का बोझ बढ़ाने के लिए जन्म ही क्यों लेते हैं।

न वे हों न सुरक्षा के इतने भारी–भरकम इन्तज़ाम करने पड़े। न माता–पिता को उनका हाथ सौंपने के लिए किसी के आगे सिर झुकाना पड़े। सारी गालियाँ उन्हें ही लेकर थीं।

ख़ैर, जब चौथे लड़के के जन्म पर सास और बहू के आँसू नहीं रुक रहे थे तो एक पड़ोसिन ने समझाते हुए कहा था–अरे क्यों आँसू बहा रही हो। लड़कियों–लड़के में क्या फ़र्क़ है, मानो तो बेटा भी बेटी ही होता है। हमारे सारे भगवान बेटे ही थे न। बेटे माता–पिता को बहुत चाहते हैं, इसलिए हर घर में एक बेटा तो ज़रूर होना चाहिए। बेटियों का क्या है, जैसे ही उनकी शादी होती है, पति के राग–रंग में ऐसी डूबती हैं कि कौन माँ, कौन बाप, सबको भूल जाती हैं। बेटियों के होने से तो अच्छा है बेऔलाद होना। जो माँ–बाप इन्हें पालने के लिए न दिन देखते हैं, न रात, बुढ़ापा आते ही ये कैसे उनसे आँखें फेर लेती हैं। उम्मीद थी कि एक लड़की हो जायेगी तो लड़कों की शादी में जो ख़र्च हुआ है, वह सारा का सारा वसूल हो जायेगा, मगर करम के लिखे को भला कौन मिटा सकता है। अस्पताल के कर्मचारी जो डिलीवरी से पहले कह रहे थे कि अगर लड़की हुई तो हर एक दस हज़ार से कम न लेगा, मुँह फेरकर चले गये थे। लड़के की माँ को बधाई तो क्या किसी ने मुसकराकर देखा तक नहीं था।

सास दूसरे कमरे में आकर दामाद को कोसने लगी–करमजले तुझे इसलिए लायी थी कि तू मेरी लड़की को एक के बाद एक लड़के उपहार में देता रहे। पूरे खानदान की नाक कटी जा रही है और सब दोष मेरी लड़की पर मढ़ रहे हैं। एक लड़की होती तो कम से कम बुढ़ापे का सहारा तो बनती। लड़कों का क्या है, वे तो ब्याहकर ससुराल चले जायेंगे। तब अपनी ससुराल को देखेंगे या तुम्हारा बोझ उठायेंगे।

सास ने कहा था कि सड़क किनारे जो क्लीनिक होते हैं जिनके विज्ञापन दीवारों पर लिखे रहते हैं कि इलाज से शर्तिया लड़की न हो तो ब्याजसहित पैसे वापस, अगर उनकी ही मदद ले ली होती, तो यह दिन देखने को नहीं मिलता। अगर भ्रूणहत्या भी करानी पड़ती तो

लड़कों की भ्रूणहत्या के ख़िलाफ़ कोई सज़ा नहीं थी। पिछली सदी के क़ानून लड़कियों के पक्ष में थे। उनमें अभी तक कोई बदलाव नहीं किया गया था। इसलिए बड़ी संख्या में लड़के पैदा होने से पहले ही मारे जा रहे थे। डॉक्टर मोटी फ़ीस लेकर ये काम करते थे। उनके यहाँ कभी छापा भी नहीं पड़ता था, क्योंकि क़ानून के अनुसार लड़कियों की भ्रूणहत्या जुर्म था।

साहित्य में ज़रूर पुरुषों पर अत्याचार की बात उठाई जा रही थी। मैन कमीशन बनाने और वुमैन कमीशंस को भंग करने की माँग की जा रही थी, जो जब चाहे निरपराध पुरुषों को फँसाकर जेल भिजवा देते थे। पुरुषों का न तो कोई संगठन था, न ही एन. जी. ओ. ही। हाँ, कभी–कभार उनके समर्थन में प्रदर्शन ज़रूर होते थे। जिनमें नारे लगाये जाते थे–

पुरुषों पर अत्याचार बन्द करो, बन्द करो...

लड़कों की हत्या मानवजाति की हत्या...

इसी तरह लड़के मरते रहे तो दूल्हे कहाँ से लाओगे। लड़के अपना हक़ ले के रहेंगे, ले के रहेंगे। लड़के रो–रो करें पुकार, हमारी भी सुन ले सरकार।

नौकरियों में, इलाज में, शिक्षा संस्थानों में पुरुषों के रिजर्वेशन की माँग की जा रही थी। टी. वी. के डिस्कशंस में बार–बार यह बात उठाई जा रही थी।

औरतें इन ख़बरों को ख़ूब चाव ले–लेकर पढ़तीं। किसी पुरुष को अपने पास खड़े देखकर उसका मज़ाक़ उड़ातीं–इन्हें भी रिजर्वेशन चाहिए। क्या करेंगे रिजर्वेशन का। रहना तो घर में ही है। हम हैं तो कमाने के लिए और इनका पेट भरने के लिए। फिर भी इनकी शिकायतें ख़त्म नहीं होतीं। ऐसा लगता है जैसे कि संसार का सारा अत्याचार इस देश के पुरुष झेल रहे हैं और औरतें मौज उड़ा रही हैं। यह सरकार जो इनके पक्ष में हर रोज़ झुकती जा रही है, इसलिए सिर पर चढ़ते जा रहे हैं। इनकी माँगें बढ़ती जा रही हैं। अब कह रहे हैं कि इनके खेलने पर जो पाबन्दी लगी हुई है, उसे हटाया जाये।

और तो और सेक्सुअल हरासमेंट की शिकायत करते हैं कि लड़कियाँ हमें रास्ता चलते आँख मारती हैं। अब कोई इनसे पूछे कि आँख मारने से लड़कियों को मिलता ही क्या है। आँख ही तो मारती हैं, कोई दौड़कर पप्पी तो नहीं ले लेतीं या कि पिछवाड़े चिकोटी काटती हों। और इतना ही लड़कियों से रेप का डर है तो सुरक्षा के पक्के इन्तज़ाम करके चला करें। आख़िर अपनी इज़्ज़त अपने हाथ ही होती है। रात में अकेले घूमते ही क्यों हैं। और अगर घूमते भी हैं, तो इस बात का ध्यान रखें कि जहाँ अँधेरा हो वहाँ न जायें। जिस बस में सवारियाँ न हों, मेट्रो का जो डिब्बा खाली हो, उसमें न चढ़ें।

लड़कियों को आजकल एक नये ट्रेंड से भी चिढ़ हो रही थी। लड़कों के लिए शहर दर शहर ब्यूटी पेजेंट्स किये जा रहे थे। सारे नेशनल और मल्टीनेशनल ब्रांड्स इनमें बढ़–चढ़कर हिस्सा लेते थे। जिन चीज़ों को बेचने के लिए लड़कों की ज़रूरत नहीं थी जैसे कि काजल, बिन्दी, चूड़ियाँ, साड़ी, ब्रा, लिपिस्टिक, नेलपॉलिश, साबुन, डिटरजेंट, वाशिंग मशीन, पर्स, हील वाली चप्पलें, जूते–इन्हें बेचने और पॉपुलर करने में भी लड़कों का इस्तेमाल किया जाता था। वे मुसकान बिखेरते आते थे और बताते थे कि इन सब चीज़ों से उन्होंने अपने लड़के होने की ताक़त को पहचाना है। यही नहीं एंपावर्ड महसूस किया है। एडवरटाइज़र्स का मानना था कि इससे विज्ञापन की सेक्स अपील बढ़ जाती थी और उनका प्रोडक्ट मार्केट में हिट हो जाता था। इसीलिए जो लड़का ब्यूटी पेजेंट जीतता था, वह अक्सर अपने संघर्ष की गाथा बयान करता था कि इस औरतों की दुनिया में किसी लड़के को जगह बनाना कितना मुश्किल है और उसने यहाँ तक पहुँचने के लिए कितना भारी संघर्ष किया है। जितने ऐसे बयान आते, उसके सामने बड़े ब्रांड्स लाइन लगा लेते, क्योंकि बेचने के लिए इतनी सदियों बाद भी गरीबी सबसे पॉपुलर विषय था और इन ब्रांड्स के इस्तेमाल से कोई ग़रीब भी इस ब्यूटी पेजेंट जीतने वाले की तरह अमीर बन सकता है। मॉडलिंग और विज्ञापन की दुनिया में छा सकता है। कुछ ही दिनों में इतना कमा सकता है कि सात पीढ़ियाँ खाएँ।

मगर लड़कों को मुश्किलों से नहीं घबराना चाहिए। उन्हें अपना दोस्त समझना चाहिए। फिर कुछ दिन बाद वह ग़रीब से अमीर बनने की कहानी को बढ़ा–चढ़ाकर कहता था और लड़कों में ब्यूटी पेजेंट्स जीतने की होड़ लग जाती थी।

हालाँकि आम लड़कों को इसके लिए काफ़ी मुसीबतों का सामना भी करना पड़ता। उनके लिए तो अकेले निकलना, ज़ोर से हँसना, किसी लड़की के साथ अकेले घूमना–फिरना, पिक्चर देखना सब मना था। उन्हें यह बताया जाता था कि लड़कियाँ ही उनकी सर्वस्व, स्वामिनी, उनकी जन्म–जन्मान्तर की साथी, उनका ईश्वर, उनकी तारनहार हैं। उनकी सेवा करना, उनकी कही बात को मानना, उनके कहे पर चलना, पलटकर जवाब न देना, जब वे खा चुकें तब उनकी जूठी थाली में खाना खाना, जब वे काम से लौटें तो तरोताजा दिखना, मुस्कराना, उनके जूते उतारना, अपनी शर्ट उतारकर जूतों को साफ़ करना, उनकी चरण रज लेना, दौड़कर पानी लाना, चाय बनाना, उनकी लम्बी आयु के लिए समय–समय पर व्रत करना, अपनी परेशानी होने पर भी न बताना, बीमार होने पर भी काम करते रहना, सास, ससुर, साली, साले, उनके नाते–रिश्तेदार यहाँ तक कि घर के गाय, बैल, भैंस, बकरी और कुत्ते को भी आदरसूचक जी शब्द लगाकर पुकारना चाहिए। उनका नाम भी नहीं लेना चाहिए। पत्नी का नाम लेने से उसकी उम्र घटती है, पतियों को हमेशा यह याद रखना चाहिए। अपने घर वालों का जिक्र भूलकर भी कभी न करना, उनके यहाँ कभी–कभार ही जाना, यही अच्छे पति के लक्षण हैं। पति के कर्तव्यों के बारे में हाल ही में जो शास्त्र तैयार किये गये हैं, जिन्हें आज की स्त्री ऋषि–मुनियों ने देववाणी के आधार पर लिखा है, उनमें यही बताया गया है। ऐसा सुलक्षण धर्म को निभाने वाला पति लाखों वर्ष तक स्वर्ग में निवास करता है। जब उसकी मृत्यु होती है, तब स्वयं देवियाँ फूल वर्षा करती हुई विमान लेकर आती हैं। वह लाखों वर्ष तक सभी प्रकार के सुख भोगते हुए स्वर्ग में निवास करता है।

अब हुआ यह कि एक दिन एक लड़का दफ़्तर में अकेला काम कर रहा था। इस दफ़्तर में सब लड़कियों के बीच वह अकेला था। वह जल्दी घर जाना चाहता था। अँधेरा घिर रहा था और उसे डर लग रहा था। माता–पिता की सख़्त हिदायत थी कि शाम घिरने से पहले घर लौट आया करे। वह काम में तल्लीन था कि किसी ने उसे पीछे से बाँहों में कस लिया। देखता क्या है कि उसकी बॉस है। बॉस कह रही थी–जानबूझकर मुझसे दूरी बनाकर चलते हो। मैं तो पहली नज़र में ही मर मिटी थी। जानते नहीं कि तुम्हारा भविष्य, इंक्रीमेंट, प्रमोशन सब कुछ मेरे ही हाथों में है। मुझे तुम ख़ुश करो, मैं तुम्हें ख़ुश कर दूँगी। लड़के ने बहुत मिन्नतें की, छोड़ देने की प्रार्थना की, भाई होने का वास्ता दिया, मगर उस अकेले दफ़्तर में कौन सुनता। लेकिन लड़के की किस्मत अच्छी थी कि बॉस की बॉस का फ़ोन आ गया। उसने लड़के की चीखें सुन ली थीं और पूछ रही थी। बस लड़के की बॉस ने आव देखा न ताव लड़के के ख़िलाफ़ सेक्सुअल हरासमेंट की शिकायत कर दी। क्योंकि अभी तक देश में सदियों पहले के क़ानून चले आ रहे थे, जो पुरुष सत्ता के ख़िलाफ़ लड़कियों की मदद के लिए बनाये गये थे। लेकिन अब तो संसद से लेकर सड़क तक लड़कियाँ काबिज थीं। बार–बार की माँग के बावजूद क़ानून वोट कटने के डर से बदले नहीं गये थे। बस लड़के को बिना किसी सुनवाई के नौकरी से निकाल दिया गया। बात दफ़्तर में फैली तो सारे लड़के जो लड़कियों के सामने भीगी बिल्ली बने रहते थे, उनमें रोष फैल गया। यह तो सरासर नाइन्साफ़ी है। लड़के ने कोई अपराध नहीं किया, तो उसे नौकरी से निकाल दिया गया और जिसने उसे सेक्सुअली मोलेस्ट करने की कोशिश की वह मजे से आफ़िस में है। बस वे सब बाहर निकलकर नारे लगाने लगे–लड़कियों होश में आओ...तानाशाही नहीं चलेगी...नहीं चलेगी। बाबा आदम के ज़माने के क़ानूनों को बदलो...लड़कों को कमज़ोर न समझा जाये...हम भी इनसान हैं। लड़कों की सुनवाई अन्तरराष्ट्रीय अदालत में हो। मानवाधिकार संगठन हमें न्याय दें। हमें जेंडर डिसक्रिमिनेशन से बचाया जये।

क़ानून की मदद लड़कों को मिले। पुलिस उनके कहने पर एफआईआर दर्ज करे। मुकदमे के लिए उन्हें मुफ़्त क़ानूनी सलाह दी जाये। अगर लड़कों को ऐसे ही सताया जाता रहा तो वे विद्रोह कर देंगे, नौकरी नहीं करेंगे और शादियाँ भी नहीं करेंगे। फिर पता चलेगा कि लड़कियों का घर कैसे चलता है। कैसे उन्हें चौबीस घण्टे का बेजुबान नौकर बिना कुछ लिए–दिये मिलता है।

इस प्रदर्शन का मीडिया ने भारी नोटिस लिया था। ख़बरें छप रही थीं कि कहाँ कितने लड़के पत्नियों से प्रताड़ित होकर मारे गये। कितनों ने अत्याचार से तंग आकर फाँसी लगा ली। कितने घर से भाग गये और बदमाशों तथा अपहरणकर्ताओं के चंगुल में फँस गये। बहुतों को देह बाज़ार में बेच दिया गया।

राजनीति में औरतों की तरह–तरह की पार्टियाँ थीं–ब्राह्मण औरत पार्टी, वैश्य औरत पार्टी, क्षत्रिय औरत पार्टी, दलित औरत पार्टी, महादलित औरत पार्टी, ट्रांसजेंडर पार्टी, एल. जी. बी. टी. पार्टी, जाट औरत पार्टी, गूजर औरत पार्टी, अहीर औरत पार्टी, यादव औरत पार्टी, मुस्लिम औरत पार्टी, ईसाई, पारसी, सिख तथा ऐसी ही कितनी ही औरतों की पार्टियाँ थीं। ये सब की सब अपनी–अपनी जाति के पुरुषों की भारी हितू बनने की कोशिश करती थीं। पुरुष अक्सर इनके झाँसे में आ जाते थे और इन्हें ही वोट देते थे। लेकिन ग़लती से कोई पुरुष अपनी जाति से बाहर शादी करने की कोशिश करता तो इन पार्टियों की पंचायतें अपनी संस्कृति और विरासत के नाम पर उन पुरुषों की जान के पीछे पड़ जातीं। लेकिन प्रकृति में ये सब पुरुषों के भले का दम भरने के बावजूद स्त्रीवादी थीं। लोकसभा में दो पुरुष थे और राज्यसभा में तो एक भी नहीं था। लोकसभा में जब ये दो पुरुष कभी–कभी मिमियाते हुए अपनी बात रखने की कोशिश करते तो महिलाओं के शोर–शराबे में अपनी बात न कह पाते और शर्म से लाल हो जाते। महिलावादी पार्टियों में से कोई नहीं चाहता था कि पुरुष इनके चंगुल से छूटकर बाहर जाएँ। मुश्किल से तो वे इनके काबू में आये थे, तो अब इतनी आसानी से उन्हें आज़ादी कैसे मिलती।

महिला संगठनों और एन. जी. ओज़ की दुकानें बन्द हो गयी थीं। बहुत सी राष्ट्रीय–अन्तरराष्ट्रीय एंजेंसीज़ के तमाम किस्म के पुरुषों के एंपावरमेंट के नारों के बावजूद पुरुषों की बनी–बनायी छवि टूट नहीं पा रही थी। औरतों की खाप पंचायतें औरतों के अपराधी होने के बावजूद हमेशा पुरुषों को ही अपराधी ठहरातीं। न्यायपालिका, पुरुष, प्रशासन निहत्थे खड़े रहते।

बदलाव की दस्तक आते–आते पुरुषों के दरवाज़े से लौट जाती थी। सोशल साइट्स पर यह लाइन बड़ी लोकप्रिय थी–अगले जनम मोहि लरिका न कीजो।

इस सदी के बारे में इन दिनों मुझे कैसे पता चला। अनुमान लगा सकते हैं, लगाइए। वैसे आप इसे कहानी न मानकर लेख मान लें या किसी ज्योतिषी की भविष्यवाणी, चलेगा।

पाखी : **29 मार्च 2019**

फेसबुक पोस्ट

रेखा को होटल से खींचकर मैं अपने घर ले आयी थी। दरअसल हम बहुत दिनों बाद मिल रहे थे।

दफ़्तर में जब अचानक उसका फ़ोन आया तो सविता को इस बात का अहसास तक नहीं था कि वह यहाँ है। मैंने उससे कहा कि और बताओ क्या कर रही हो।

उसने कहा था कि सोकर उठी हूँ तो मैंने कहा कि मगर तू तो कहती है कि जल्दी उठ जाती है। तो वह हँसते हुए बोली–हाँ, घर में।

–मतलब।

–मतलब यह कि मैं होटल में हूँ।

–होटल में। कहीं घूमने निकली है। कहाँ मज़े ले रही है।

मज़े। हाँ, दिल्ली आयी हूँ। यही के मज़े लेने हैं। आख़िर अपने शहर के मज़े तो चाहे जब लिए जा सकते हैं।–कहकर वह खिलखिलाने लगी।

–दिल्ली। ये एकाएक कैसे। पहले बता नहीं सकती थी।

तब तेरी अचरज की और ख़ुशी की आवाज़ कैसे सुनती। इसी को सरप्राइज कहते हैं न। आजकल के बच्चे माँ–बाप को अक्सर सरप्राइज देते रहते हैं। मैंने भी सोचा कि ऐसा कर लूँ। तुझे चौंका दूँ। मगर अफसोस कि तू मेरे सामने नहीं है, इसलिए देख नहीं पा रही कि तू कैसे रिएक्ट कर रही है।

हाँ, सींग कटाकर बछड़ों में मिलना इसी को कहते हैं।–सविता को कुछ चिढ़ सी हुई।

कोई बात नहीं। न बनें हमेशा के लिए बछड़े कुछ देर के लिए ही वैसे बनकर देखें और बीत गयी यूथ को इंजाय करें। हमें जो अच्छा लगे, करें तो और किसी का क्या जाता है। फिर उसने बताया कि अभी परसों तक तो वह मीटिंग्स में बेहद बिजी है। शुक्रवार को मिल सकते हैं।

सविता ने भी हिसाब लगाया कि शुक्रवार तक वह भी घर की थोड़ी साफ़–सफ़ाई कर लेगी। क्या पता वह घर ही आ जाये। ऐसे फैलारे वाले घर को देखकर क्या कहेगी। चादरें, तकिये के गिलाफ़, सोफ़े कवर्स कुछ भी तो नहीं बदले इतने दिनों से। धोने तक की फुरसत नहीं मिली। डस्टिंग भी पन्द्रह दिन से नहीं कर पायी। समय ही नहीं मिला। पूरा हफ़्ता तो आफ़साइट में निकल गया। वैसे भी हर दिन देर से घर लौटो। जैसे–तैसे कुछ पकाओ, थोड़ी देर टीवी देखो। किसी का फ़ोन आ जाये या किसी को कर लो। सवेरे के लिए ज़्यादा से ज़्यादा सब्ज़ी काट दो, दूध उबाल दो। आफ़िस का जो काम घर तक आया है, उसे पूरा करो। बारह तो यों ही बज जाते हैं। फिर सवेरे हड़बड़ाकर उठो। कुछ पकाओ, खाओ या न भी पकाओ, कामवाली से काम कराओ और गिरते–पड़ते दौड़ लो। लोग कहते हैं कि इन सब आफ़तों से बचना है तो चौबीस घण्टे के लिए किसी को रख लो। लेकिन जब ख़ुद ही दस घण्टे से ज़्यादा घर में नहीं रह पाते, तब चौबीस घण्टे के लिए किसी को क्यों रखूँ। पहले रखूँ फिर उसकी निगरानी करती रहूँ कि कहीं कुछ गड़बड़ तो नहीं है। खैर...

पता ही नहीं चला कि मंगल से शुक्रवार तक के दिन कैसे निकल गये। घर ठीक करने के लिए एक दिन की तो छुट्टी भी लेनी पड़ी। शुक्रवार शाम जब होटल पहुँची, तब तक रेखा लौटी नहीं थी। उसका मैसेज आ गया था कि बस वह आ रही है। मीटिंग देर तक चली। होटल वालों को फ़ोन कर दिया है। रिसेप्शन पर बैठकर उसका इन्तज़ार करूँ।

सविता ऐसी जगह बैठी, जहाँ से गेट सामने था। बैठकर देखती रही। लोग आ–जा रहे थे। स्कैनर पर सामान चेक हो रहा था। गेट पर खड़े दरबान लोगों की कारों का दरवाज़ा खोलते थे और सैल्यूट ठोंकते थे। यहाँ आने वाला हर कोई जैसे राजा था। होटल वालों को तरह–तरह से इनसे मोटी रक़म यही कहकर वसूलनी थी कि आप इतने ताक़तवर और महान हैं कि दुनिया दूर से सलाम ठोंकती है। बड़े–बड़े राजा–महाराजा आपके सामने क्या हैं। कितनी रोशनी थी, कितने फव्वारे चल रहे थे। जिनकी बूँदें कभी–कभी उड़कर मेरे आसपास, बालों पर भी गिर रही थीं। कहाँ है गरीबी, पानी की कमी, टूटे–फूटे घर, झोंपड़ियाँ। यहाँ सब कुछ कितना चमकीला था।

जब भी सविता ऐसा सोचती थी, उसके साथ काम करने वाले मज़ाक़ उड़ाते थे–लोगों के पास तो तुम्हारी जैसी मोटी तनख़्वाह वाली नौकरी भी नहीं है। तो छोड़ दो। यही है तुम जैसे लोगों के डबल स्टैंडर्ड। सारी सुविधाएँ इस जगत की चाहिए और बातें उस जगत की। सोशलिज़्म बातों में बहुत अच्छा लगता है। सविता सोचती–अक्सर सही बातें कहने से हम इसलिए डरते हैं कि कोई हमारा मज़ाक़ न उड़ा दे। कोई हमें ग़लत साबित न कर दे। कोई पिछड़ा न कह दे। सच पर कितने पहरे हैं। क्या–क्या, कैसी–कैसी बातें ख़याल में आ रही थीं कि पीछे से किसी ने थपथपाया। रेखा खड़ी थी।

–अरे तू किस तरफ़ से आयी। मैं तो तब से दरवाज़े पर टकटकी लगाकर देख रही थी कि तू अब आ कि तब आयी।

–मैं पीछे की तरफ़ से आयी। आफ़िस की कैब ने उधर ही छोड़ दिया था।

–तू बिल्कुल भी नहीं बदली, इतने सालों में।

चाहे ये सच ना भी हो मगर जानती है ऐसा सुनना बहुत अच्छा लगता है। हम सब उम्र से बहुत डरते हैं। कोई बूढ़ा होना तो क्या दिखना तक नहीं चाहता।–कहकर वह वैसे ही होंठ दबाकर हँसी जैसे स्कूल के दिनों में हँसती थी।

चल कमरे में चलते हैं। कहकर वह लिफ़्ट की तरफ़ बढ़ी। शीशे की लिफ़्ट से मुझे डर लगता है। ऐसा लगता है कि अब गिरे कि तब गिरे, मगर लिफ़्ट में सविता ऊपर नीचे न देखकर उसकी तरफ़ ही देखती रही। उसने कहा भी ऐसे क्या देख रही है। कभी देखा नहीं मुझे।

हाँ, बहुत दिनों बाद देख रही हूँ, तो लग रहा है कि देखती ही रहूँ। उसने सविता के कन्धे पर ज़ोरदार हाथ मारा–यह हुई न कुछ बात। चल आज शैंपेन से सेलिब्रेट करते हैं।

उसके कमरे की बाहर की तरफ़ वाली दीवार शीशे की थी। वहीं दो कुर्सियाँ और गोल मेज़ रखी थी। काफ़ी टेबल बुक भी थी। साथ के कवर्ड के ऊपर तरह–तरह के नमकीन से भरी एक टोकरी भी थी। ड्रेसिंग टेबल के पास लगे गुलदस्ते में लाल गुलाब लगे थे। पता नहीं इन दिनों गुलाब उस तरह नहीं महकते।

रेखा ने अपना पर्स मेज़ पर रखा फिर वाशरूम की तरफ़ चली गयी। थोड़ी देर बाद मुँह धोकर लौटी तो बोली–तुझे जाना है।

सविता ने हाँ में सिर हिलाया। जब लौटी तो उसने पूछा–क्या चलेगा चाय, काफ़ी या कुछ और जैसे कि शैंपेन या रम। अभी ये सब पीते हैं, फिर डिनर के लिए चलेंगे।

–इस वक़्त तो कुछ नहीं चाहिए। आफ़िस में ही चाय–कॉफी इतनी हो जाती है।

–तो कुछ और फ्रूट जूस या आइसक्रीम।

–नहीं कुछ नहीं। मैं तो तुझसे मिलने और गपशप करने आयी हूँ।

–वह तो ठीक है। गपशप करते कुछ पेट पूजा भी करते रहें तो क्या बुरा।

–हाँ, मगर फिर रात को कुछ खाया नहीं जाता। और बाद में आधी रात को भूख लगती है। उस समय कुछ खा लो तो पेट ख़राब हो जाता है। अब वो बात भी तो नहीं रही कि लक्कड़ हजम पत्थर हजम। उम्र हो गयी।

—ओफ, ओह यह उम्र की बात कहाँ से ले बैठी। उम्र सिर्फ़ एक नम्बर होता है स्वीट हार्ट।

हाँ, मन बहलाने के लिए। क्योंकि बढ़ी हुई उम्र से हमें डर लगता है। देखा नहीं अभी कोरोना ने साठ पार के लोगों पर कितना कहर ढाया।

—तो तू कौन सी अभी साठ की है।

—नहीं हूँ, तो हो जाऊँगी। उम्र कोई सात ताले में तो बन्द रहती नहीं। न ही ऐसा है कि उसकी बढ़ेगी मेरी नहीं। वैसे तू जो इतना चटक—मटक खाने वाली थी, क्या अब भी वैसी है।

—आफकोर्स।

—तो तुझे इन होटलों का खाना कैसे पसन्द आता है। पता ही नहीं चलता कि कहाँ से सीख कर आते हैं। मुझसे तो बिल्कुल खाया ही नहीं जाता। यही हाल एअर लाइंस के खाने का है। तुझे पता है एक बार एअर लाइन ने सरसों के साग के साथ चावल परोसे थे। मेरी तो तबियत ही ख़राब हो गयी थी।

मजबूरी का नाम महात्मा गाँधी ही होता है। अब पुराने ज़माने की तरह वह लकड़ी के कोयले से जलने वाली अँगीठी तो साथ लेकर चल नहीं सकती। जैसा मिल जाये, वही खा लेती हूँ।

तो तू मेरे साथ चल न। तेरे मन का खाना खिलाऊँगी। —सविता ने आग्रह किया।

—लेकिन सवेरे तो मुझे वापस जाना है।

—तो क्या, वहाँ से चली जाना।

—यानी कि अभी ही चेकआउट कर लूँ।

—और क्या चल फटाफट।

वह दौड़—दौड़कर काम करने लगी। उसने अपने सारे सामान को पैक किया। बाथरूम में जाकर चेक किया कि कुछ रह तो नहीं गया। फिर लगभग ज़मीन पर लेटकर देखा कि कहीं बिस्तर, मेज़ या कुर्सी के नीचे कुछ गिर तो नहीं गया और उसे पता न चला हो। उसकी इस तरह की सावधानी अच्छी भी लगी। वह जो एक नम्बर

की लापरवाह थी, अपनी किताबें, बस्ता, लंचबाक्स सब कुछ स्कूल में भूल जाती थी, अब कैसे हर बात का ध्यान रख रही थी। वक़्त कितना कुछ बदल देता है, कितना कुछ सिखा देता है।

सारा हिसाब–किताब करने के बाद बाहर निकले तो कैब आने में कुछ देर लगी। कैब आते ही हम इतनी जल्दी उसमें बैठे, जैसे कोई पकड़ न ले। और एक–दूसरे की मन की बात जान ज़ोर से हँसे।

होटल की चमकती और सुविधा भरी दुनिया से घर में आकर वह कैसा महसूस करेगी, सविता नहीं जानती थी। मगर दोनों के पास गुजरे वक़्त के न जाने कितने किस्से थे जो एक–दूसरे से कहे जाने के इन्तज़ार में थे। और इससे बेहतर वक़्त फिर मिलता भी कब।

मेरा यानी कि सविता और उसका सम्पर्क बीस साल से बिल्कुल नहीं था। वह तो भला हो फेसबुक का कि उसके ज़रिये उसने मुझे ढूँढ़ निकाला था।

घर आकर ताला खोलकर अन्दर आने पर वह बोली–तुझे पता है कि जब मैं छोटी थी तो मम्मी से अक्सर इस बात पर लड़ती थी कि जब स्कूल से आयी तो वह घर पर क्यों नहीं थीं और मुझे ताला खोलना पड़ा। आज तुझे ताला खोलते देख, ऐसा लगा कि ख़ुद ताला लगाने और ताला खोलने से ज़्यादा आज़ादी तो कहीं हो ही नहीं सकती। पूरा का पूरा घर आपका। जब चाहो आओ, जाओ, बिना किसी सवाल–जवाब के।

उसकी बात सुनकर सविता हँसी–तू है वैसी की वैसी ही। जल्दी से निष्कर्ष निकालने और जजमेंटल होने का भूत नहीं उतरा अभी तक।

–नहीं जजमेंटल नहीं सच ही तो कह रही हूँ। घर की सत्ता ही तो है कि जब चाहे उसे बन्द कर दें, जब चाहे उसमें आ जायें। अकेलेपन के सुख बहुत होते हैं।

दुख भी कोई कम नहीं। हमें लगता है कि हम अपनी ही शर्तों पर जी रहे हैं। मगर हमेशा दूसरों की शर्त पर ही जीना पड़ता है।

और कुछ नहीं तो छुट्टी के दिन बीस बार ख़ुद को ही दरवाज़ा खोलना पड़ता है दिन में। कभी कूरियर, कभी प्रेस, कभी पोस्टमैन, कभी कोई दूसरे फ़्लैट का पता पूछता। ख़ैर, तू चेंज कर ले। बाथरूम की लाइट दरवाज़े के पास ही है। मैं तब तक चाय बनाती हूँ। कौन सी–ग्रीन टी या...सविता ने उठते हुए कहा।

नहीं–नहीं वही अदरक दूध वाली कड़क जिसके बारे में तू कहती थी कि पापा जैसी चाय तो दुनिया में कोई नहीं बना सकता। –रेखा ने कहा और अपने बैग से कपड़े निकालकर बाथरूम में चली गयी। लौटी तो ब्लैक टॉप और ट्राउज़र में बहुत स्मार्ट लग रही थी।

उसके माथे पर वैसी ही घुँघराली लट लहरा रही थी, जैसी स्कूल के दिनों में लहराती थी। तब सब उसे स्कूल की माला सिन्हा कहकर चिढ़ाते थे। सविता ने कहा–हम कहीं भी चले जाएँ। हमारे बेसिक्स नहीं बदलते, जैसी कि तेरे माथे की यह लट।

–हाँ, डियर और तू भी जैसी कि तेरी ये कानफाड़ू हँसी। याद है मैथ्स वाली सेन टीचर कहती थीं कि तेरी ज़ोरदार हँसी सुनकर लगता है कि ढेर सारे घड़े गिरकर टूट गये हों।

–हाँ, और उन घड़ों के टुकड़े बटोरकर हम उनके दरवाज़े पर कूड़ा फैला आये हों। याद है कभी–कभी तो वह डरने का नाटक भी करती थीं जैसे कि भूकम्प आ गया हो।–फिर दोनों ज़ोर से हँसीं। रेखा के गाल पर पड़ने वाला डिंपल कुछ और गहरा हो गया था।

तभी घण्टी बजी। घण्टी में गौरय्या की आवाज़ थी। वह इधर–उधर देखने लगी–ये चिड़िया कहाँ से बोली कि सविता ने दरवाज़ा खोला। होटल से डोसा मँगाया था। डिलीवरी बाय था। यह सुनकर रेखा कहने लगी–यह तो चीटिंग हुई।

–चीटिंग कैसे?

–अगर बाहर का ही खाना था तो होटल में ही ठीक थी। मुझे तो लगा कि घर ले जाकर तू वैसे ही आलू के पराँठे खिलायेगी जैसे आंटी बनाती थीं और हम चुराकर पूरा का पूरा तेरा टिफिन साफ़ कर देते थे। तू रोती रह जाती थी।

हाँ, यार उस समय मन करता था कि तुम्हारे सारे टिफिंस स्कूल के उस पास वाले तालाब में फेंक दूँ। लेकिन मम्मी हमेशा कहती थीं कि नहीं कभी ऐसा मत करना, बल्कि वह अक्सर कहती थीं कि टिफिन में दो–चार पराँठे ज़्यादा ले जाऊँ, मगर मैं ही नहीं लाती थी। उन्हें लगता था कि दूसरे बच्चे भी अगर खा लेंगे तो क्या बिगड़ जायेगा। मैं अक्सर उनसे लड़ती थी कि इतनी जेनरस होने की ज़रूरत नहीं है। वैसे भी मेरी माँ किसी और के लिए क्यों कुछ बनाये। उन्हें भी गये जैसे युग बीत गये। लगता नहीं कि इतने दिन हुए। जब तक वह थीं, सुख–दुख जीवन मृत्यु सबसे परे लगती थीं। माता–पिता जब नहीं रहते तब उनकी क़ीमत पता चलती है।

हाँ, यार जब तक मम्मी–पापा होते हैं, हमें लगता है कि वे बस हमारी मुसीबतें ढोने के लिए हैं। अपनी हर परेशानी उनके सिर पर डालकर जैसे हम फारिग हो जाते हैं। मगर जब वे नहीं रहते तब पता चलता है सवि कि हमने क्या खो दिया।–रेखा ने ठण्डी साँस भरते हुए कहा।

हाँ, मम्मी बस इसी चिन्ता में गयीं कि मैं अकेली हूँ शादी की नहीं, कैसे रहूँगी। वह कहती थीं कि सेटल हो जाओ और मैं कहती थी कि सेटल होने का मतलब आख़िर शादी क्यों है। मैं सेटल्ड ही हूँ। अच्छा–भला कमाती हूँ। दुनियाभर में अकेली घूमती हूँ और सेटल होना क्या होता है। लेकिन उनका ज़ोर होता था कि जब तक सब ठीक है, अकेलापन बहुत अच्छा लगता है किसी इमर्जेंसी में किसी और की ज़रूरत होती है।–सविता ने कहा।

–लेकिन मैं ताज्जुब करती हूँ कि गुलशन के बाद कोई और तुझे नहीं मिला आख़िर उसमें ही ऐसा क्या था। लूजर कहीं का।

नहीं यार, उसके साथ भी कुछ अच्छे दिन तो बिताये ही थे। और मिलने को कभी किसी उम्र में कोई कमी नहीं होती, मगर मेरा मन कहीं नहीं रमा किसी और में।–सविता की आँखों में कितना कुछ था जो तैर रहा था, छिप रहा था। अतीत कुलाँचें भरता हावी हो रहा था। वापस आ रहा था।

डोसा खाते हुए हम तमाम दुनियाभर की बातें करते रहे थे। वैसे हम दोनों चाहे बीस साल बाद फेसबुक पर एक–दूसरे से मिले थे, मगर बहुत कुछ एक–दूसरे के बारे में जानते थे। परिवार, नौकरी, खुशियाँ, दुख सब कुछ शेयर करते रहते थे। उसके बच्चे अलग–अलग देशों में थे। रेखा इंग्लैंड में रहती थी। पति से तलाक़ नहीं हुआ था, मगर दोनों साथ भी नहीं रहते थे। छुट्टियों में कभी–कभार पूरी फेमिली एक साथ घूमने भी जाती थी। समझ में नहीं आता था कि कोई रिश्ता जब नहीं चला तो भी उसमें इतनी गुंजाइश बची रही कि एक–दूसरे को देखकर गुर्राने न लगें। एक–दूसरे को सह सकें। एक असफल रिश्ते में जो कड़वाहट आती है, उसे कुछ देर के लिए ख़ुद से दूर रख सकें।

फिर एकाएक सविता को कुछ याद आया। अन्दर से एक ब्राउन बैग लाकर रेखा को दिखाती हुई बोली–इसे पहचानती है।

वह कुछ सोचकर बोली–ओह माय गाड, तूने अभी तक सँभालकर रखा हुआ है इसे। यही तो था न गुलशन का पहला गिफ़्ट जिसका ताना वह रोज़ मारता था कि कितना महँगा गिफ़्ट दिया है, दो हज़ार रुपये का। उन दिनों दो हज़ार वाकई बहुत ज़्यादा था। फिर ज़ोर से हँसी–और एक दिन तूने बिल्कुल ऐसा ही बैग बुध बाज़ार से दो सौ रुपये में लेकर उसे देते हुए कहा था–ऐसा कौन सा ब्याज हुआ कि दो सौ, दो हज़ार बन गये। बेचारा गुलशन उसके माथे पर छलका पसीना...फिर हम ख़ूब हँसे थे।

कभी मिला तुझे।–उसने पूछा।

–हाँ, कई बार उसने मिलने की कोशिश की। मेल लिखे। लेटर भेजा। ग्रीटिंग्स भी। फ्रेंड रिक्वेस्ट भी। मगर मैंने कभी ज़वाब नहीं दिया। एक ख़त्म हुए रिश्ते को दोबारा जिलाने की कोई चाहत भी नहीं थी। क्या पता दोबारा धोखा खाने के लिए लौटने का मन कर आये।

–लेकिन बात करने या मिलने–जुलने से कोई रिश्ता जीवित हो जाता है क्या?

मुझे ऐसा ही लगता है। मेरा दिल अक्सर दिमाग़ की नहीं सुनता है और बहुत से फ़ैसले ग़लत हो जाते हैं। मेरी भावुकता बहुत कुछ देखने ही नहीं देती। सच अक्सर इमोशंस के पीछे छिप जाता है। इसलिए वैसा कुछ कभी करने की ज़रूरत ही क्या कि फिर पछताना पड़े। वैसे मेरी कभी मुलाक़ात हुई भी नहीं। मैंने पहले ही सारे रास्ते बन्द कर दिये थे।

–हाँ, एक बार मुझे गुलशन इस्ताम्बूल एअरपोर्ट पर अपने बीवी बच्चों के साथ मिला था। जब उसकी बीवी बच्चे को वाशरूम ले गयी तो उसने धीरे से पूछा था तेरे बारे में।

–अच्छा, कैसी है उसकी वाइफ।

ठीक है। वैसे दो मिनट में किसी के बारे में पता क्या चलता है। मगर मेरे आफ़िस में एक लड़का था, अभय। गुलशन का दोस्त था। आता–जाता था। वही बताता था कि उसकी अपनी वाइफ से बिल्कुल नहीं बनती। दोनों उसके यहाँ भी अक्सर लड़ते आते थे। –रेखा ने हँसते हुए कहा।

–क्यों।

क्यों तो इतना पता नहीं, मगर अभय का कहना था कि बीवी बहुत पैसे वाले बाप की बेटी थी और गुलशन से ज़्यादा कमाती थी। –रेखा ने कहा।

–लेकिन इसमें लड़ने की क्या बात है।

–जानती तो है तू गुलशन को। कितना पजेसिव है। तुझ पर भी तो कितनी नज़र रखता था, किससे मिली, किससे नहीं, किसके साथ आइसक्रीम खा रही थी और क्यों।

हाँ, वे सब तो टीन एज प्राब्लम्स थीं। अब तो हम सब बुढ़ा गये।–सविता ने कहा, लेकिन मन में कहीं इस बात की ख़ुशी भी थी कि अच्छा है बीवी से नहीं बनती। अब आया ऊँट पहाड़ के नीचे।

रेखा कहने लगी–तो क्या तूने वाकई इसीलिए शादी नहीं की कि गुलशन से तेरा ब्रेकअप हो गया या कोई और बात।

छोड़ न यार, ये भी कोई लैला–मजनूँ का ज़माना है, जो उसके नाम की माला जपती रहती। और वो खुश होता रहता कि वह इतना इंपोर्टेंट है कि उसके लिए कोई लड़की आज तक विरह के गीत गा रही है। दिस इज बुलशिट। वैसे भी ऐसा कौन सा दुनिया का इकलौता प्रिंस चार्मिंग था।

–तो फिर।

नहीं, मुझे महसूस हुआ कि मैरिज की रिस्पांसिबिलिटी नहीं उठा सकती। अकेले जीने की जैसे आदत–सी पड़ गयी। छह महीने के भीतर मम्मी–पापा चले गये। भाई विदेश गया तो उसे याद ही नहीं रहा कि उसकी कोई बहन भी है।–सविता ने कहा तो रेखा चुप होकर दीवार की तरफ़ देखने लगी और देर तक देखती रही। फिर बोली–तब तो और भी किसी साथी की ज़रूरत होती है।

–हाँ, अगर सचमुच कोई साथी बन सके। अब कितने बॉस को कोई कहाँ–कहाँ झेले। दफ़्तर में एक बॉस, घर में कोई और, सड़क पर कोई और।

हाँ, ये तो है।–रेखा कुछ सोचकर अपने एक्स के बारे में बोली–विवेक में घर का बॉस बनने की चाहत नहीं है। मगर उसे अपने म्यूजिक का ऐसा जुनून है कि हफ़्तों क्लब्स, पब्स में गिटार बजाता रहता है। घर भी नहीं आता। इसीलिए मैंने उससे कहा कि गिटार या मुझ में से किसी एक को चुन ले। उसने गिटार को चुना।

–लेकिन शादी भी तूने उससे इसीलिए की थी न कि वह म्यूजिक को लेकर बहुत पैशनेट है।

हाँ, जो चीज़ें दूर से बहुत आकर्षक लगती हैं, उनके बहुत पास जाओ तो वे उतनी ही बदसूरत लगने लगती हैं।–रेखा ने गहरी साँस ली थी–घर सिर्फ़ म्यूजिक से ही तो नहीं चलता। उसके लिए बहुत कुछ और चाहिए। और ये कलाकर लोग थोड़े से पागल भी होते हैं। जिस चीज़ के पीछे पड़ गये, पड़ गये। विवेक भी सब भूल जाता था। घर की सारी ज़िम्मेदारियाँ मेरे ऊपर पड़ी रहती थीं।

–लेकिन एक विवेक के न रहने से तेरी ज़िम्मेदारियाँ कम तो नहीं हो गयीं।

नहीं कम नहीं हुईं, बल्कि बढ़ गयीं। पर एक बार डिसीजन ले लो तो पैर पीछे खींचना भी बहुत मुश्किल होता है।

उसकी बातें सुनकर ऐसा लगा कि जैसे उसे इस बात का पछतावा है कि वह विवेक से अलग क्यों हुई।

--क्या तू रिग्रेट कर रही है।

--नहीं, पीछे नहीं लौट सकती।

--आगे तो जा सकती है।

हाँ, अगर कोई अच्छा लगे। मगर इतना तय है कि रिलेशनशिप को कभी शादी की क़ैद में नहीं बाँधूँगी। न उसकी क़ैद न अपनी। हालाँकि अभी तो ऐसा कुछ नहीं है। किसी बात की कोई जल्दी भी नहीं। वैसे भी ज़िन्दगी में जो कुछ देखना था, सब देख लिया। किसी खूँटे से बँधने का अब कोई मन नहीं।

हम लेटे हुए थे, मगर बातें थी कि ख़त्म ही नहीं हो रही थीं। देर तक हम पुरानी एलबम को देखते रहे थे। फोटोज़ में जैसा दिखता है, जीवन में कितना कुछ बदल जाता है और एलबम की जगह आईने को देखो तो वह सिर्फ़ आज के बारे में बताता है। अतीत और भविष्य की कोई जगह नहीं होती।

सवेरे ही रेखा की फ्लाइट थी और नज़दीक ही तेज़ बजता डी जे का म्यूजिक सोने नहीं दे रहा था। ये तेज़ म्यूजिक जब नहीं था तो क्या शादी, ब्याह, बर्थ डे कुछ होता नहीं था।

रेखा अचानक उठी और उसने पूछा—सिगरेट।

सिगरेट हेल्थ के लिए बहुत ख़तरनाक होती है समझीं।--सविता ने हँसकर कहा।

जी, दादी जी समझी और उसने सिगरेट वापस रख दी थी।

—और कुछ मिलेगा।

—मतलब।

—मतलब कुछ पीना पिलाना।

—नहीं यह आदत अब तक नहीं डाली। इसीलिए सब मज़ाक़ करते हैं कि सविता पार्टी में बुलाये तो समझ लो कि नीबू पानी से ही काम चलाना पड़ेगा।

पता नहीं कब आँख लग गयी थी। एलबम की तसवीरें उठकर सपने में भी चली आयी थीं। सवेरे अलार्म बजा तो भी रेखा की नींद नहीं खुली थी।

सविता ने उठकर गैस पर एक तरफ़ चाय रखी। फ्रिज़ में कुछ उबले आलू रखे थे। उन्हें मैश किया। मसाला मिलाया। थोड़ी–सी प्याज भी बारीक काटकर मिला दिया। फिर जल्दी से उसके लिए पराँठे बनाये। अचानक उसकी आवाज़ सुनायी दी–पराँठे की इतनी अच्छी खुशबू आ रही है कि मन कर रहा कि लेटे–लेटे बिना ब्रश किये ही खा लूँ।

–अब इतनी भी आलसी मत बन। जल्दी तैयार हो। फ्लाइट छूट गयी तो मुझे ही गाली देगी।

–नहीं छूटेगी तो भी दूँगी। ये तो मेरा डेमोक्रेटिक राइट है। गाली न दूँ तो पेट कैसे भरे और तू तो बेस्टम बेस्ट है न, इसलिए गाली खाने के लिए ही बनी है।

सविता ने पराँठा और रायता परोसा। और अचानक देखा, रेखा की आँखों में जैसे पराँठों का स्वाद उभर आया।

नाश्ते के वक़्त उसने यह भी ध्यान नहीं दिया कि खाने वाले दो हैं। सविता को भी खाना है। चारों के चारों पराँठे चट करते बोली–क़सम से अगर और होते तो साथ ले जाती। फ्लाइट में खाती और तुझे गाली देती। सविता ने जैसे–तैसे कार्नफ्लैक्स और दूध से काम चलाया।

उसे एअरपोर्ट छोड़कर सविता आफ़िस चली आयी देर से सोने कारण शरीर टूट रहा था। पूरे दिन आफ़िस में ऊँघ–ऊँघकर काम निपटाती रही। घर लौटी तो देर हो गयी थी। खाना बनाने का बिल्कुल मन नहीं था, मगर कुछ खाना भी था। गैस पर दलिया रखकर कम्प्यूटर पर बैठ गयी। फेसबुक पर गुलशन वर्मा को ढूँढ़ने लगी। इतने सारे गुलशन वर्मा थे। मगर उसके गाल का काला मस्सा, उसे सबसे अलग करता था। उसका प्रोफ़ाइल काफ़ी इंप्रेसिव था। एक बड़ी मल्टी नेशनल कम्पनी का सी. ई. ओ. था।

लेकिन सविता की दिलचस्पी उसके करियर में नहीं, उसके परिवार में थी। रेखा ने जब से यह बताया था कि उसकी अपनी बीवी से नहीं बनती, तब से खुशी से भरी थी। जानना चाहती थी कि आगे क्या हुआ। उसके बारे में कोई बुरी ख़बर जानने के लिए सविता का मन कसमसा रहा था।

उसके जन्मदिन की बधाई बहुत से लोगों ने दी थी। नीचे कमेंट्स पढ़ने लगी तो एक नाम दिखा प्राची वर्मा। यह कौन है, वर्मा सरनेम तो बता रहा है कि ज़रूर गुलशन की कोई रिश्तेदार है। उसने लिखा भी है–दुनिया में तुम्हारे जैसे लोग हैं, तभी तो दुनिया चलती है। इतनी तारीफ़। लगता है कोई और है। अलग हुई बीवी तो ऐसा करने से रही। फिर कौन है। अगर पत्नी है तो कहाँ से पता चल रहा है कि दोनों की नहीं बनती। प्राची का प्रोफ़ाइल खोला तो उस पर लिखा ही था–मैरीड टू गुलशन वर्मा।

ओह, तो यही है उसकी वाइफ। देखने में कितनी यंग है। सुन्दर भी। क्या गुलशन ने पहली वाइफ को छोड़कर दूसरी शादी कर ली, मगर यह इटली में रहती है। हो न हो गुलशन से अलग होकर इटली में रहने लगी है। उसके अलग–अलग देशों में जाने, घूमने के ढेर सारे फ़ोटो लगे थे। इतनी ख़ुशी क्यों हो रही थी सविता को। यानी कि इसके साथ नहीं रहती। अगर ये दूसरी बीवी है तो इसने भी छोड़ दिया इसे। इसी लायक था, मगर शायद अलग नहीं हुए हैं। तभी तो अपनी स्टेटस मैरीड बता रही है और हसबैंड का नाम भी लिख रही है। कितना फुँक रहा होगा गुलशन कि उसकी बीवी उसके बिना भी दुनिया जीत सकती है।

आगे बढ़ी तो एक औरत जिसका सरनेम भी वर्मा था–उसने लिखा था–बधाई मेरी बच्ची यानी कि प्राची की माँ।

मतलब कि गुलशन की सास भी फेसबुक पर है। इस उम्र पर भी कम्प्यूटर हावी है। लेकिन गुलशन की सास है तो कम से कम अस्सी की तो होगी, मगर प्रोफ़ाइल फ़ोटो से इतनी बड़ी तो नहीं लगती।

उसका प्रोफ़ाइल खोला तो देखकर दंग रह गयी। कई फोटोज़ में गुलशन उसके साथ खड़ा था। कहीं घूमते, कहीं उसका जन्मदिन मनाते। एक जगह उस महिला ने गुलशन को बधाई दी थी और लिखा था–आ लव यू माई डियर हसबैंड। हे भगवान, सविता की खुशियाँ जैसे एक पल में ही ढेर हो गयीं। इसका मतलब दोनों पति–पत्नी के बीच लड़ाई जैसी कोई चीज़ नहीं थी। एक–दूसरे के साथ ख़ुश भी नज़र आ रहे थे। एक फ़ोटो के नीचे प्राची का कमेंट लिखा था। उसने माता–पिता को शादी की साल–गिरह की बधाई दी थी यानी कि जिस प्राची को सविता गुलशन की बीवी समझ रही थी, वह उसकी बेटी थी। मगर उसने लिखा था कि मैरीड टु गुलशन वर्मा। यह क्या मामला है। फिर से उसका प्रोफ़ाइल देखा तो उसकी एक सहेली का कमेंट देखा–शादी की साल गिरह मुबारक हो प्राची, तुम्हें और गुलशन को।

हे भगवान, पिता और पति का नाम एक, सरनेम भी एक। लैपटॉप एक तरफ़ खिसकाकर सविता ज़ोर से हँसने लगी। दुख में भी कई बार कितना सुख मिलता है। सचमुच बहुत से घड़े गिरकर टूट गये और रसोई में गैस पर रखा दलिया जल गया।

रेडियो : **जून 2017**

कौन सी क़सम

मोबाइल बजे जा रहा था। उधर से कोई उठा नहीं रहा था, क्या पता साइलेंट पर हो। यह बॉस का पी. ए. भी ख़ुद को उसका बाप समझता है। बॉस ने ही चढ़ा रखा है उसे। हर एक की चुगली ऐसे खाता है, जैसे सब कुछ उसके सामने–सामने घटा हो। और बॉस है कि इसकी बात पर आँख मूँदकर विश्वास कर लेता है। अब उठा नहीं रहा और बाद में कहेगा कि उसके पास कोई फ़ोन नहीं आया। ऐसा कभी हो सकता है कि बॉस के लिए फ़ोन आये और वह न उठाएँ, जब कहेंगे कि फ़ोन किया था, घण्टी देर तक जाती रही, फिर कट गया तो कई बार कितनी रूडली कहता है कि क्या तुम्हारा ही फ़ोन उठाने के लिए बैठा रहता हूँ और कोई काम नहीं है, इसके सिवाय। बॉस को जो हर सेकेंड का हिसाब देना पड़ता है वह क्या तुम दोगे। क्या करे विवेक।

उसने मैसेज़ कर दिया–आज आ नहीं पाऊँगा। प्लीज़ बॉस को बता दें। पता है, सुनकर बॉस क्या कहेगा। कैसे रिएक्ट करेगा। कहेगा कि घर में ज़रूर कोई मरने की हद तक बीमार होगा, मर गया होगा या किसी का एक्सीडेंट हो गया होगा। साले एक छुट्टी के लिए घर में जब तक किसी को मार न लें या एक्सीडेंट न करा लें, मानते ही नहीं। किसी को यकीन ही नहीं होता। वैसे रात–दिन घण्टी टुनटुनायेंगे। भगवान के सामने कान पकड़–पकड़कर गलतियों के लिए उठक–बैठक करेंगे, माफ़ी माँगेंगे और वैसे इनसे एक छुट्टी मांगो,

तो उसके लिए हज़ार तरह के नायाब झूठ बोलो। इमर्जेंसी क्रिएट करो। सत्यमेव जयते को झूठमेव जयते करा देना चाहिए।

कहने दो साले को। बॉस कुछ न भी कहे, तो शर्मा नमक मिर्च लगायेगा ही कि बॉस बहुत नाराज़ हैं। कल आधे से ज़्यादा डिपार्टमेंट छुट्टी पर था। सबके सब मेडिकल लीव पर। बॉस तो सबके घर डॉक्टर भेजने की बात कर रहे थे। जिससे कि एक बार दूध का दूध, पानी का पानी हो ही जाये, मैंने ही मना किया। हाथ–पैर जोड़े कि छोड़िए सर, आप जैसे बड़े आदमी के पास इतना टाइम कहाँ।

शर्मा दिखाता तो ऐसे है, जैसे बॉस का अँगूठा इसके जूते के नीचे दबा हो और यह उसे दबा–दबाकर कराह निकलवा रहा हो। हरामी।

सोचता हुआ विवेक घर से बाहर निकल आया। अगर बॉस डॉक्टर भेजेगा भी तो यही बहाना बना देगा कि डॉक्टर के पास ही गया था। पिछले साल इसी ऊहापोह में कि छुट्टी लें कि न लें, उसकी तीस छुट्टियाँ बेकार चली गयी थीं। एच. आर. कहता था कि अपनी सारी छुट्टियाँ लो, घूमो–फिरो, बॉस चाहता है कि एक भी न लो और साल में तीन सौ पैंसठ दिन की जगह दुगुने दिन ऑफिस आओ। हाँ, जब एप्रेजल करता है तो उसे कभी याद नहीं रहता कि किसने एक भी छुट्टी नहीं ली साल में और कौन रोज़ छुट्टी पर रहा।

विवेक बाहर निकला तो भीड़–भाड़ कारों से बचती सामने से नीलू चली आ रही थी। चुलबुली और हर वक़्त लाइन मारती।

पास आते ही कन्धे पर हाथ ठोंकते बोली–क्यों साले आज ऑफ़िस नहीं गया।

–नहीं बहनोई जी, आज छुट्टी पर हूँ।

विवेक की हाज़िर जवाबी पर नीलू ज़ोर से हँसी–तो अब किसे पटाने निकला है।

बुरी तो तू भी नहीं है।–विवेक ने आँख मारी और ज़ोर से हँसा। दूर बैठी गुरसल ने कहा, अबे ओय इतनी बुरी तो नहीं हूँ कि तू पटायेगा तो पट जाऊँगी, यह कैसे सोच लिया। कहीं का प्रिंस चार्मिंग

समझकर आँख भी मार रहा है। एक मिनट में सौ नम्बर पर फ़ोन करके बन्द–करा दूँगी। फिर रोता रहेगा सालों और करम पीटेगा अलग से।–नीलू ने कमर पर हाथ रखकर ग़ुस्सा दिखाते हुए कहा।

क्यों तू आँख मारे तो कुछ नहीं और मैंने आँख मारी तो तुझे छेड़ दिया।–विवेक बोला।

–ऐसा ही है, तुझ जैसे लफण्डरों को बोरिया–बिस्तर बाँधकर दफ़ा हो जाना चाहिए, वरना किसी दिन तिहाड़ में दिखाई देगा।

कोई बात नहीं, तू वहाँ मेरे लिए खाना लेकर आया करना। वैसे उसकी भी ज़रूरत नहीं। वहाँ तो फ्री का खाना, रहना, वाह, वाह। ख़ैर, ये बातें तो बाद में। फ़िल्म देखकर तिहाड़ भी चला जाऊँगा। चलती है फ़िल्म देखने।

--कौन सी है।

--यह तो सोचा ही नहीं।

--सोचा नहीं तो मैं क्यों जाऊँ। रणबीर की दिखाए तो चल सकती हूँ। क्या लगता है बाय गाड, इतना सेक्सी...

--कौन सा रणबीर, रणबीर कपूर कि सिंह।

–सिंह, सिंह, कपूर तो आउट आफ़ क्वेश्चन। जब से उसके साथ कैटरीना की वो बिकनी वाली फ़ोटो देखी थी और अब आलिया से उसका नया चक्कर चल रहा है, तब से मेरा दिल टूट गया है। टुकड़े–टुकड़े। ले एक टुकड़ा तू भी रख ले। कभी काम आयेगा। हाय मेरा दिल... हाय....हाय।–नीलू हवा में ज़ोर–ज़ोर से हाथ हिलाती बोली। पास से गुजरता एक ऑटो वाला दूर तक पीछे मुड़–मुड़कर उसे देखता रहा। मगर नीलू को इससे क्या। उसने उस ऑटो वाले को पास आने का इशार किया। वह डरकर तेजी से अपने ऑटो को भगा ले गया।

क्या सेरेमिक या प्लॉस्टिक से बना था तेरा दिल जो सड़क पर चूर–चूर होकर गिर पड़ा। रणबीर सिंह की शादी की ख़बर लगता है तूने नहीं देखी। दीपिका से ब्याह कर लिया और अब सालभर बाद छुट्टियाँ मना रहा है इन दिनों। तुझे तो पहचानेगा भी नहीं। तू तो बस रह गयी ऐसे ही।–विवेक ने मज़ाक़ उड़ाते हुए कहा।

ऐसे ही क्या। अब पहचान भी ले तो क्या फ़ायदा। वह किसी और का क्यूँ हो गया। मैं कुँआरी थी, जान से प्यारी थी, तेरे लिए मैंने दुनिया सँवारी थी, तू किसी और का क्यूँ हो गया। नीलू ज़ोर–ज़ोर से गाने लगी तो विवेक ने उसे झकझोरा–क्यों सड़क पर ड्रामा कर रही है। तेरा तो कुछ नहीं बिगड़ेगा, यहाँ, वहाँ घूमते रिश्ते के तेरे दो–चार भाई अभी आ जायेंगे, तब पता चलेगा।

आ जाने दे। आ जाने दे। मेरे भाई होंगे तो खोपड़ी तो तेरी ही तोड़ेंगे। मैं इलज़ाम ही लगा दूँगी, तू राह चलते मुझे छेड़ रहा था।

हाँ, मेरी खोपड़ी तोड़कर तुझे ही उठा ले जायेंगे और बाद में तेरे अंकल पुलिस वाले मुझे ही पकड़कर पूछेंगे कि बता तूने उन गुण्डों से साँठ–गाँठ करके लड़की को कहाँ भिजवाया है।

हाँ–हाँ तू मुझे गुण्डों से उठवायेगा। पहले दो–चार किलो वजन तो बढ़ा ले। पता चला हलका समझकर मुझे छोड़ गुण्डे तुझे उठा ले गये और मैं रो–रोके दुबली हो गयी।

देर तक उन दोनों के ठहाके हवा में गूँजते रहे और उड़कर समुद्र में जा मिले। ठहाकों को मछलियाँ समझकर चिड़ियों ने उन्हें डुबकी मारकर पकड़ने की कोशिश की मगर वे गूँजते तो रहे पकड़ में नहीं आये।

सामने समन्दर हिलोरें मारता गरज रहा था। वह बार–बार आसमान की तरफ़ मुँह करके उछलता था, मगर उसे पकड़ नहीं पाता था। उसकी इस अदा को फ्लाइंग किस देती नीलू बोली–क्या कह रहा था तू अभी कि रणबीर सिंह मुझे नहीं पहचानेगा। पहचानने के लिए कौन सी मैंने उसके साथ होटल में दो–चार रातें बितायी हैं और उसके बच्चे की माँ बनने वाली हूँ। वैसे देख रहा है, मेरा पेट कितना मोटा हो गया है।

लगता है ख़ूब माल उड़ा रही है। परवाह कर। किसी बॉलीवुड वाले ने देख लिया तो स्वर्गीय टुनटुन आंटी की जगह तुझे पकड़ लेगा।

अच्छा जब कोई पकड़ने आयेगा तो उससे भी कह दूँगी कि माँ बनने वाली हूँ। वह इस बच्चे का बाप बनने को तैयार है। अब भी जब कोई पूछता है कि तेरा पेट ऐसा कैसे हो गया तो बड़े मज़े से कहती हूँ कि बच्चा है। पूरे नौ महीने का। एक दिन ऑफ़िस में किसी ने कहा—ये तो बता दो कि बच्चे का बाप कौन है? मैं बोली—एक हो तो बताऊँ। तू भी हो सकता है। फिर वह ज़ोर से हँसती हुई बोली—जानता है पूछने वाला वहाँ से ऐसा सिर पर पैर रखकर भागा जैसे तेज़ करंट लगा हो।

चल कोई बात नहीं तू आज की द्रौपदी ठहरी। बहुत पहले दादी ने सुनायी थी यह कहानी, याद रह गयी। चलती है।

—चल...चल तेरी द्रौपदी गयी तेल लेने। आज तो खुल्लम—खुल्ला प्यार करेंगे हम दोनों।

—याहू...याहू।

वह हँसते हुए कहने लगी—अरे स्वर्ग से उतरकर क्या शम्मी कपूर की आत्मा आ गयी जो याहू, याहू चिल्ला रहा है। बेटा याहू वालों को पता चल गया तो धर लेंगे तुझे।

याहू...याहू अब उसे कौन पूछता है। वह तो गया जी मेल के पेट में। या हू...

तुझे मज़ेदार बात बताऊँ मेरी मम्मी का क्रश हो गया था शम्मी कपूर पर। वह उसे लम्बे—लम्बे लेटर लिखती थीं। कभी—कभार जवाब भी आता था। उसकी फ़ोटो हमेशा अपनी किताब में रखती थीं। एक बार कॉलेज में प्रिंसिपल ने पकड़ लिया। घर शिकायत लिखकर भेजी। सारे कॉलेज में हल्ला हो गया कि यहाँ की एक लड़की का इश्क़ शम्मी कपूर से चल रहा है।

फिर क्या हुआ। तुम्हारी मम्मी तो रातों रात स्टार बन गयी होंगी।—विवेक ने टीज किया। उसके सिर से एक कौआ भी हँसता हुआ गुज़रा।

—अरे कांचू उन दिनों इन बातों से कोई लड़की स्टार नहीं, वैंप बना करती थी। जिससे न कभी मिली थीं, न जान—पहचान थी,

पूरे शहर में मम्मी और शम्मी कपूर के किस्से मशहूर हो गये। जिधर जातीं लोग इशारा कर–करके कहते, देखो वह रही शम्मी कपूर वाली। मम्मी को देखकर कई लफँगे गाना गाने लगते–अहसान तेरा होगा मुझ पर...नाना जी परेशान होते कि अब तो इस लड़की की शादी होने से रही। है न कितनी फनी बात। मम्मी ने जिसे कभी देखा नहीं, मिली नहीं, उसके कारण पूरा शहर उनके पीछे पड़ा था। नीलू ने सामने से आती टैक्सी को हाथ दिया। फिर वह और विवेक दोनों बैठ गये।

हाँ, तब लोगों के पास और कोई काम ही नहीं था सिवाय लड़कियों के एल जी बनने के।–विवेक की नज़र टैक्सी के मीटर पर थी।

नीलू गुर्रगुर्र करती बोली–अब मेरा कोई एल जी बन के दिखाए, दाँत तोड़ दूँगी साले के। मैं शम्मी कपूर से इश्क़ करूँ या शाहिद कपूर से या मैं किसी के साथ लिव इन में रहूँ, किसी के घर से क्या जाता है।

–वैसे ये तू इतनी बक–बक करती है, घर वालों को तो हमेशा सिर दर्द की गोली खानी पड़ती होगी।

–तू भी ख़रीद ले न सिर दर्द की गोलियाँ। क्या पता पिक्चर हाल से बाहर निकलते ही तुझे भी ज़रूरत पड़े। वैसे मुझे ऑफ़र क्यों दिया पिक्चर देखने का। अच्छी–भली काम से जा रही थी। बीच में पकड़ लिया।

विवेक ने उसकी बात का जवाब नहीं दिया। जहाँ उतरना था, वहाँ टैक्सी आकर रुक गयी थी।

दोनों टैक्सी से उतरे। विवेक पैसे पूछता उससे पहले नीलू ने दे भी दिये और आगे चल दी। मल्टीप्लेक्स में जवानी–दिवानी फ़िल्म लगी थी। उसे देख नीलू चिल्लाई–हर रोज़ तो यह टीवी पर आती रहती है। यहाँ क्यों देखूँ। इसीलिए लाया है पूरा दिन ख़राब करने को।

–तो कहीं और चलें।

—कहाँ।

—चल चिड़ियाघर चलते हैं।

—ध्यान से, वहाँ एक ही पिंज़रा खाली है। वह तो तुझे मिल जायेगा। फिर मैं कहाँ रहूँगी।

उसकी बात सुनकर विवेक ज़ोर से हँसा—वह जगह तेरे लिए बिल्कुल ठीक है। सुना है पिछले दिनों वहाँ एक नहीं कई पिंजरे खाली हुए हैं। विवेक फिर ज़ोर से हँसना चाहता था कि उसकी हँसी गले में अटक गयी। सामने से फरजाना चली आ रही थी। उसकी एक्स।

उसने जल्दी से पीठ मोड़ ली कि उसने पास आकर एक थप्पड़ पीठ पर ही मारा—तू क्या समझता है, तुझे पीछे से नहीं पहचान सकती। मुँह मोड़कर तो ऐसे खड़ा हो गया कि मैंने देख लिया तो तूफ़ान ही आ जायेगा।

फिर नीलू की तरफ़ उड़ती नज़र से इशारा किया—और आप।

—दोस्त हैं मेरी।

अच्छा—अच्छा। चल फ़िल्म शुरू होने वाली है। फिर मिलते हैं। विल काल।—कहती हुई फरजाना नीलू को घूर—घूरकर देखती, दूर चली गयी।

--हे भगवान, आज तो जल्दी पिंड छोड़ दिया। किसी और लड़की के साथ आज भी देख ले तो जल—भुनकर राख हो जाती है। चाहे इससे ब्रेकअप हुए पूरा साल हो गया।

तभी उसे नीलू की आवाज़ सुनायी दी—अबे ओय, ख़ुद को फन्ने खाँ समझ रहा है। दो मिनट को तेरे साथ क्या आ गयी कि तेरी दोस्त हो गयी। साले खडूस। दोस्त होगी वो जो अभी गयी है।

—उससे तो बात ख़त्म हुए ज़माना हो गया। अब तो शादी के बारे में सोच रहा हूँ। तू बता, क्या ख़याल है। करेगी।

—अरे, शादी की बात कहाँ से आ गयी। मैं तो तेरे साथ रिलेशनशिप तक में नहीं हूँ। रिलेशनशिप में कैसे होते हैं। उसके लिए चाँद या मंगल पर जाना पड़ता है। ऐसा है तो पहले बताती।

चन्द्रयान का टिकट बुक करा लेते। हम साथ खा–पी सकते हैं। फ़िल्म देख सकते हैं। किसी भी सब्जेक्ट पर अंडर द सन डिस्कस कर सकते हैं। तो शादी क्यों नहीं कर सकते।

–ये सब तो मैं अपने बहुत से दोस्तों के साथ करती हूँ, तो क्या सबके साथ शादी करती फिरती हूँ।

–ओह तुम लड़कियाँ, तुम्हें समझना कितना मुश्किल है।

–ओह तुम लड़को, तुम्हें जानना कितना मुश्किल है। लड़की देखी नहीं कि कुण्डली मिलाने बैठ गये।

–नौकरी में बॉस की उसी तरह से सुनती हैं लड़कियाँ, जैसे पुराने ज़माने में ससुराल वालों की सुनती थीं।

बॉस और पति की डाँट में यही फ़र्क़ है कि घर के काम का कोई पैसा नहीं मिलता था। समझा क्या।–नीलू ने उसे चिढ़ाते हुए कहा।

–लेकिन इन दिनों बॉस की डाँट सुनने के बाद सब एडजेस्ट करने को कहते हैं और पति को जेल भेजते हैं।–विवेक उससे हारना नहीं चाहता था।

ऐसा नहीं है कि नौकरी की क़ीमत नहीं चुकाई। हर तरह का तनाव और बीमारियाँ बोनस में मिली हैं। नौकरी पर तो अपना वश नहीं, मगर शादी तो अपने जैसे से ही कर सकती हूँ।–नीलू ने कहा

शादी अपनों जैसों से हुँह....विवेक चिढ़–सा गया–मगर अपना जैसा कौन होता है। माई काइंड ऑफ़ मैन, माई काइंड ऑफ़ वुमैन। मैन मेरी सुने, कुछ न कहे। सेंस ऑफ़ ह्यूमर हो। रास्ते चलते जानू और हाय मेरी जान कहूँ। मैं किसी से कुछ भी कहूँ, कहीं भी जाऊँ, एक्सट्रा मैरिटल रिलेशनशिप में रहूँ। लेकिन हसबैंड अपने एक–एक मैसेज तक का हिसाब दे। दिस इज काल्ड लिबरेशन।

मेरे किसी भी एटीट्यूड पर तू जवाब माँगने वाला कौन है। न तू मेरा भाई है, न बाप है, यहाँ तक कि कज़िन भी नहीं। चल फूट। –कहती हुई नीलू ने सामने आती टैक्सी रुकवाई और भीड़ में गायब हो गयी।

विवेक ने भी कैब बुक की। सारा दिन चौपट हो गया इस कुत्ती के चक्कर में। उसने भी तय कर लिया था, क़सम खा ली थी कि अब दफ़्तर में नीलू से कभी बात नहीं करेगा। मगर ऐसा उसने न जाने कितनी बार सोचा था। नीलू के सामने आते ही उसकी सारी प्रतिज्ञाएँ दम तोड़ देती थीं।

23 जुलाई 2019

मत पूछ तू औरत है

इतनी खटर–खटर, पटर–पटर थी। कभी छैनी, कभी हथौड़ा, कभी ड्रिलिंग मशीन। दुनिया का शोर जैसे यहीं आ बसा था। फ़्लैट चारों तरफ़ से बन्द था, तो आवाज़ें और तेज़ी से गूँजती थीं।

एक अलमारी इतनी गहरी थी कि सामान पीछे चला जाता था। याद ही नहीं रहता था कि घर में क्या है और क्या नहीं। जब महीनों बाद उसे साफ़ करो तो कहीं घुन लगी दाल निकलती थी, तो कहीं बेकार हुए बिस्कुट और मट्ठियाँ। हमेशा लगता था कि इसे ठीक करा लें, मगर काम कितना फैलेगा और कितने दिन में निपटेगा, इस डर से हर बार अगली बार या फिर कभी सोचकर बात टल जाती थी, लेकिन इस बार जब अलमारी में तेल की पूरी बोतल फैल गयी और सारा सामान तेल से पुत गया तो फिर और कोई चारा ही नहीं बचा। पुराने बढ़ई का फ़ोन नम्बर बदल गया था, नया कोई नज़र नहीं आता था। किसी नये को घर में घुसाना इन दिनों ख़तरे से खाली भी नहीं था।

एक दिन मालती जा रही थी, तो उसे नीचे ही एक बढ़ई काम करता मिल गया था। उसने पूछा था–कब तक काम है यहाँ।

–यही दो–चार दिन।

तो यहाँ काम ख़त्म करके हमारे यहाँ आ जाना।–कहकर मालती ने उसे अपने फ़्लैट का नम्बर बताया था और उसका फ़ोन नम्बर ले लिया था। घर लौटकर उसने रवि को बताया था तो उसने

कहा था–आ जाये तो बहुत समझो। आजकल छोटे काम के लिए कोई कारीगर आसानी से तैयार नहीं होता।

लेकिन बढ़ई उसी शाम काम देखने आ गया था।

रवि ने उससे पूछा था–कितने दिन लगेंगे।

उसने कहा था–पहले तो इस पुरानी अलमारी को निकालना होगा। फिर ही काम शुरू हो पाएगा। लग जायेगा एक हफ़्ता।

रवि ने कहा–क्या कहती हो। एक हफ़्ते से कम नहीं लगेगा। क्या अभी छोड़ें।

लेकिन मालती ने कहा–नहीं करा ही लेते हैं। कराना है तो अभी सही। फिर से कारीगर कहाँ से ढूँढ़ेंगे।

बढ़ई ने पूरे काम का हिसाब बताते हुए कहा था–दस हज़ार लग जायेंगे। आपकी मर्ज़ी है सामान ला दो, तो हम मेहनताना ही लेंगे।

तो रवि ने कहा था–हम सामान कहाँ से लायेंगे। तुम्हें पता है, कौन सी चीज़ कहाँ मिलेगी। तो ठीक है फिर सोमवार से काम शुरू कर दो।

इतवार को ही मालती ने सामान अलमारी से बाहर रख दिया था। सामान से पूरी रसोई ऐसे भर गयी थी जैसे अभी–अभी इस घर में रहने आये हैं और सामान नीचे पड़ा अपनी जगह लगाये जाने के इन्तज़ार में है।

सोमवार दस बजते–बजते बढ़ई आ गया था। नाम था–राजू। वह अपने साथ एक और लड़के को लाया था और शोर–शराबे का काम शुरू हो गया था। मालती ने खाना पकाकर सुबह ही मेज़ पर रख दिया था, जिससे किचन में जाना ही न पड़े।

राजू थोड़ी–थोड़ी देर बाद बीड़ी पीने बाहर जाता। मालती ने उसे किचन में घुसकर मुश्किल से चाय बनाकर दी थी। कहीं खड़े होने की जगह ही नहीं थी।

अलमारी का काम पूरा होने से पहले ही उसे लगा कि सोफ़े का एक हत्था भी टूट गया है, कमरे की एक अलमारी का ड्राअर भी ख़राब है।

एक स्टूल भी ठीक होना है। डाइनिंग टेबल की कुर्सियाँ ख़राब हो गयी हैं। जब काम हो ही रहा है तो इन्हें भी ठीक करा लें। रोज़–रोज़ तो कोई काम करने आयेगा नहीं। रवि से कहा तो पहले तो उसने आना–कानी की फिर कहा–ठीक है करवा लो। एक ही बार में काम निपट जायेगा।

घर में धूल, मिट्टी, लकड़ी का इतना बुरादा शाम तक भर जाता था कि शाम को झाड़ू लगाते परेशान हो जाती थी मालती। लेकिन करे भी क्या, घर भी हमेशा ठीक होने के लिए आवाज़ देता है, आवाज़ न सुनो तो एक दिन क्रेश कर जाता है और आवाज़ सुनो तो इस तरह की आफ़तें बुलाओ जहाँ इतना शोरगुल और आवाजाही कि खाने–पीने, आराम करने, बैठने, सोने की दिक्कतें हो जाती है।

एक दोपहर कपड़े बाहर सुखा रही थी कि किसी के चीखने की आवाज़ सुनायी दी। उसने झाँककर देखने की कोशिश की लेकिन बालकनी में लगे खिड़की के शीशे बार–बार बीच में आ जाते थे। समझ में नहीं आ रहा था कि कौन चीख रहा था? क्या बात है? क्या तकलीफ़ है। कहीं किसी को कुछ हो तो नहीं गया।

रवि भी झाँककर देखने लगा। इतना तो पता चल रहा था कि आवाज़ें पार्क से आ रही थीं। उसने कहा–नीचे जाकर देखकर आऊँ।

उसने कहा–हाँ, देखो। पता नहीं क्या बात है।

रवि चप्पल पहनकर नीचे चला गया था। चीखें इतनी ज्यादा थीं कि मालती को घबराहट सी होने लगी। न जाने क्या हो गया है। रवि चला गया है तो बाहर भी कैसे जाये। घर में बाहर के दो आदमी काम कर रहे थे। तभी उसने एम्बुलेंस को आते देखा। थोड़ी देर में रवि आता दिखाई दिया। साथ में पड़ोस वाले चावला जी और उनकी पत्नी थीं। उनका सबसे छोटा बेटा लड़खड़ाता चला आ रहा था।

–अरे तो इस बच्चे को कुछ हुआ है।

मालती ने ऊपर से ही उनकी पत्नी से पूछा–भाभी जी क्या हुआ बच्चे को।

अस्पताल ले जा रहे हैं। पहले बच्चे को एम्बुलेंस में बिठाया था। फिर माता–पिता बैठ गये। रवि आ कर बताने लगा–इस बच्चे को दौरे पड़ते हैं। तोड़–फोड़ करने लगता है।

अरे, क्या हो गया। अच्छा खासा लड़का है। आजकल सवेरे योग भी करता दिखता है।–मालती की समझ में नहीं आया।

अरे, भाई शरीर का क्या भरोसा है। क्या पता किसको क्या हो जाये--रवि ने कहा।

तभी राजू आकर कहने लगा–आप देख लो। अलमारी तो फिक्स कर दी है। रवि जाकर देखने लगा। उसने कहा–दरवाजा थोड़ा टेढ़ा है। एक ओर लटक सा रहा है, इसे ठीक करो। राजू ने अपने साथ के लड़के से कहा–चल भाई इसे ठीक कर। लाओ मुझे वह ड्राअर दे दो। उसे तो नीचे जाकर ही ठीक करना पड़ेगा।

मालती ने कहा–राजू और चाय बना दूँ।

--नहीं मैडम, अब तो खाने का टाइम हो रहा है। थोड़ी देर में बना देना।

वह चला गया तो रवि पास आकर धीरे से बोला–मुझे बैंक से पैसे लाने पड़ेंगे। तुम ध्यान से रहना।

–ठीक है ले आओ। कल राजू कह भी रहा था कि उसे कुछ पैसे चाहिए।

रवि के जाने के बाद मालती को कुछ डर सा भी लगा। आजकल किसी का भरोसा भी तो नहीं। इन्हें तो किसी हथियार को कहीं से लाने की भी ज़रूरत नहीं। वसूले, हथौड़े सब पास ही हैं। वह अन्दर के कमरे में दरवाज़ा भिड़ाकर बैठ गयी और अख़बार पढ़ने लगी।

तभी राजू अन्दर आया। उसका सहायक बोला धीरे से–इस घर में तो बाबू बड़ी मौज है। बूढ़े की बीवी ख़ूब खिलाती--पिलाती है।

–चुप रह सुन लेगी।

–इस उमर में इतने तेज़ कान नहीं रहते उस्ताद जी। इस उमर में ऐसी है, तो तब कैसी रही होगी। बुढ़ऊ साले की तो मौज़ आ गयी होगी।

ऐसी दावतें तुमने कहीं और नहीं उड़ाई होंगी। अभी भी दुबारा चाय के लिए पूछ रही थी।

अपनी–अपनी किस्मत है।–कहकर राजू ज़ोर से खिलखिलाया।

–हमारी भी ऐसी ही किस्मत खुलवा दो उस्ताद जी।

मालती ने सुना तो उसका खून खौल उठा।

अरे, मैं तो इनसे चाय–पानी खाने की इसलिए पूछती हूँ कि बेचारे ग़रीब हैं और ये ऐसा सोच रहे हैं। बाल सफ़ेद हो गये, मगर लोगों का औरत को देखने का नज़रिया नहीं बदला।–मालती को लगा कि फ़ौरन उन्हें घर से भगा दे, मगर काम अधूरा रह गया तो पूरा कैसे होगा। वह और भी घबरा गयी कहीं उस पर हमला ही न बोल दें, यह जानकर कि घर में अकेली है।

रवि सही कहता है कि अनजान आदमी से ज़्यादा बात नहीं करनी चाहिए।

मालती को कुछ न सूझा तो वह रवि को फ़ोन करने लगी। इतनी देर हो गयी, अभी तक आया क्यों नहीं। फ़ोन की घण्टी लगातार बजे जा रही थी। जब ज़रूरत हो तो सुसरा फ़ोन भी नहीं मिलता। दोबारा फ़ोन किया तो रवि ने उठा लिया। मालती ने झल्लाते हुए कहा–कहाँ रह गये इतनी देर।

वह बोला–अरे आ रहा हूँ। बैंक में भीड़ थी। फिर रास्ते में मिसेज वर्मा मिल गयी थीं। बता रही थीं कि उनके हसबैंड की तबियत ख़राब है।

–उन्हें बाद में देखेंगे। जल्दी आओ।

–क्यों क्या हुआ।

कुछ हो जायेगा क्या तभी आओगे।–कहते हुए मालती ने फ़ोन रख दिया।

रवि आया तो पूछने लगा–क्या बात है।

कुछ नहीं मुझे लगा कि इतनी देर कैसे हो गयी। मालती ने पूरी बात नहीं बतायी रवि सुनता तो और ग़ुस्सा होता। उन्हें डाँटता।

क्या पता बात बढ़ जाती और वे दोनों मिलकर मार–पीट पर उतर आते। आजकल किसको किसकी परवाह है। उम्र का भी कोई लिहाज नहीं।

तो क्या अब किसी से चाय–पानी के बारे में भी पूछने से पहले सौ बार सोचना पड़ेगा। औरत पूछ रही है, तो इसका मतलब कुछ और ही होगा। औरत बूढ़ी हो या जवान इस बात से भी कोई फ़र्क़ नहीं पड़ेगा, सोचकर मालती को उबकाई सी आने लगी।

वह भगवान से मनाने लगी–बस यह काम ख़त्म हो जाये। अब कभी किसी से प्यार से बात नहीं करेगी। न ही खाना खाते वक्त कोई आ जाये तो पूछेगी, खाना खा ले। दुनिया का क्या भरोसा, लेकिन एक की बात सुनकर क्या यह निष्कर्ष भी ठीक है।

मालती ने सोचा कि जब कई दिन बीत जायेंगे, उसका मन कुछ शान्त हो जायेगा, तभी वह रवि को इस बारे में बतायेगी। वह तो कहता ही रहता है कि तुमसे तो बस कोई ठीक से बोल भर दे, तो अपना दिल ही निकालकर नहीं दे देती हो, पर्स भी खुल जाता है। बच्चे कहते तो रहते हैं कि मम्मी का तो पर्स खुल गया होगा। मालती बाथरूम में जाकर मुँह पर पानी के छींटे मारने लगी। वह चुप रहना चाहती थी।

रेडियो (विदेश सेवा) : **12 मार्च 2018**

ज़िन्दगी तेरे कितने नाम

उमेश फिर एक बार मण्डी हाउस के गोल चक्कर पर मिल गया। सड़क क्रॉस करने के लिए दोनों ही एक जगह आ खड़े हुए। शिवा की नज़र ने उसे पकड़ा—उम्मी।

उमेश ने मुड़कर देखा—अरे तू।

—देख ले कहाँ तो पिछले महीने बीस साल बाद मिले और अब एक महीने में ही दो बार। क्या मेरा पीछा कर रहा था।

हाँ, सोचा था कि पीछा करूँ तो हो सकता है कभी तुझ से आगे निकल जाऊँ। वैसे मैं बेचारा तो तुझसे हमेशा पीछे ही पीछे रहा हूँ।—कहकर वह होंठ टेढ़ा करके वैसे ही मुसकराया जैसे हमेशा मुसकराता था।

—हाँ, पीछे रहकर, तू तो भीख माँग रहा है। ले चवन्नी मैं भी दे देती हूँ।

—मैडम, आजकल चवन्नी बन्द हो गयी है। देना है तो नया वाला दो हज़ार दो, उससे कम नहीं, अपन सेवन स्टार भिखारी हैं।

—तू होगा सेवन स्टार लेकिन मैं कहीं की महारानी नहीं हूँ, मेरी औकात चवन्नी देने की ही है, तुझे लेनी है तो ले वरना निकल ले पतली गली से।

यह तो दूर तक फैली लम्बी—चौड़ी सड़क है, पतली गली कहीं दिखे तो निकलूँ। फिर ज़ोर से हँसते हुए बोला—बाई गॉड शिवा, तेरा बोलने का अन्दाज़ ज़रा भी नहीं बदला।

–क्यों बदले। कोई और बदलता है मेरे लिए।

–सोच रहा हूँ कि कभी तेरे घर आऊँ और हवा में कटोरियाँ–तश्तरियाँ उड़ती मिलें और वो बेचारा मेज़ के नीचे छिपा हो।

–उसे छोड़, अपनी सोच कि तू आयेगा तो साले तेरा क्या हाल बनेगा। बता कब आ रहा है?

मेरा घर तो यहीं पास में है। तू आ न। चल अभी उमेश ने कहा तो शिवा बोली–नहीं, अभी तो नहीं, फिर कभी।

–यह जो फिर कभी होता है न, उसका मतलब अक्सर टालते जाना या कभी नहीं होता है।

–अरे नहीं, किसी दिन ऑफ़िस से जल्दी निकलूँगी और आ जाऊँगी तेरे घर। पता मैसेज कर देना। तू घर में हुआ तो ठीक, वरना उतनी देर विशाखा से बातें कर लूँगी। वह भी नहीं तो दरवाज़ा तो होगा ही गप्पें मारने के लिए।

अगले दिन उमेश का फ़ोन आ गया। बोला–आज आयेगी।

आज, अरे नहीं, घर में धोबी घाट फैलाया हुआ है। प्लम्बर से भी कई काम कराने हैं। आज तो बिल्कुल फुरसत नहीं है।–शिवा ने कहा।

–सबका सब तू ही कर लेगी, तो वह क्या कर रहा है तेरा प्रिंस चार्मिंग।

–उसने आज किचन सँभाला हुआ है।

–वाह, उसके काम तेरे, तेरे काम उसके।

यह किसने कहा, घर के सारे काम सबके। कोई औरत या आदमी के काम नहीं, समझा। सोच बदल ले बेटा, नहीं तो औरतों के हाथों पिटेगा किसी दिन।

–हाँ, सबसे पहले तो तू ही अपनी बड़ी–बड़ी आँखों के हथौड़े चलाती आयेगी। खडूस कहीं की।

खडूस तू...तू...तू। दूसरे के घर में क्या हो रहा है, उसकी नहीं अपनी चिन्ता कर।–शिवा ने हँसते हुए कहा।

—वैसे मैं तो तुझे इसलिए बुला रहा था कि आज घर में खीर बनी है। मुझे याद है कि हम सबमें मिठाई तुझे कितनी पसन्द थी। दूसरों के टिफिंस से चुरा कर खाती थी न।

—कोई बात नहीं, आज मेरे हिस्से की तू ही खा ले। अगले हफ़्ते बनाती हूँ प्रोग्राम।

—और वो क्या है तेरा वो...उसे भी ले आना।

—उसका नाम भी है। समझा।

कभी—कभी किसी को बिना नाम के भी पुकारना चाहिए। यों बड़े आदमियों के नाम के बिना ही उन्हें जानते आये हैं। वैसे नाम मुझे मालूम है—अंकल रणवीर।

--जी, अंकल रणवीर के पोते जी नमस्ते।

× × ×

अगला हफ़्ता अभी शुरू भी नहीं हुआ था कि फिर उमेश का फ़ोन आ गया। शिवा ने कहा—ओफ़ ओह, तू तो पीछे ही पड़ गया। चल ठीक है। आज शार्ट लीव लेकर आ जाऊँगी। मगर छह बजे से पहले चली जाऊँगी।

—क्यों।

—घर पहुँचना है। मम्मी आ रही हैं।

—तेरी या रणवीर की।

किसी की भी हों, मम्मी हैं। रणवीर की। लवली मदर इन ला।

दोपहर के तीन बजे होंगे। शिवा उमेश के घर पहुँची तो वह काँच के दो चमचमाते गिलासों में पानी लाया।

फिर दोनों बातें करने लगे। दीवार पर उमेश के साथ उसकी बच्ची के ढेरों फ़ोटो लगे थे।

शिवा पास जाकर देखने लगी—कितनी क्यूट है। कितनी बड़ी है। कहाँ है?

—ये बता क्या पिएगी।

—कुछ भी...लेकिन ज़्यादा ठण्डा नहीं। गला ख़राब है।

—काफी...चाय।

—हाँ, चाय चलेगी।

उमेश चाय बनाने लगा तो शिवा उसके पीछे किचन में गयी।

—विशाखा कब तक आयेगी?

—चाय में चीनी कितनी।

—नो चीनी।

आ डोंट लाइक व्हाइट शुगर।

अच्छा मीठा छोड़ दिया है, तभी तेरी जबान से कड़वाहट झरती रहती है। हमेशा काटने को दौड़ती है।

—क्यों तुझे मैंने कब काटा।

—काटने की क्या ज़रूरत है, बोलना ही काफ़ी है।

चाय के साथ गरम समोसे और पकौड़े भी थे।

—अभी–अभी जाकर लाया हूँ तेरे लिए।

—इतनी जल्दी क्या है। विशाखा को आ जाने दे।

—विशाखा नहीं आयेगी तो क्या खाएगी नहीं।

—हो भी सकता है। तूने बताया नहीं कि बिटिया कहाँ है? क्या नाम है?

नन्दी। नन्दी था, उसका नाम।

—था से मतलब।

उमेश चुप हो गया—समोसे अच्छे हैं।

—हाँ, अच्छे ही नहीं बहुत बढ़िया। बताया नहीं नन्दी के लिए था से मतलब।

—हाँ, नाम की ज़रूरी तो तभी होता है, जब कोई होता है।

यानी कि वह अब नहीं...शिवा बात पूरी नहीं कर पायी।

—हाँ, होती तो बीस की होती।

—कैसे...क्या हुआ?

—छोड़ न इतने दिन बाद मिले हैं और तू न जाने कहाँ–कहाँ कुलाँचें भर रही है। दिस इज लाइफ़ यू नो।

—उमेश पहेली मत बुझा। ऐसी बातें सुनकर मेरा जी घबराता है। रोना भी आ जाता है। तूने पहले कभी नहीं बताया।

—कैसे बताता। इन बीस सालों में हम कब मिले।

—हाँ, ताज्जुब तो यही है। तू इतना पास रहता है। तेरे घर के रास्ते से मैं रोज़ गुजरती हूँ। तू भी गुजरता होगा। लेकिन बीस सालों में कभी आमना–सामना नहीं हुआ। एक–दूसरे को देखा तक नहीं कभी और अब एकाएक मिल गये।

—इसीलिए कभी–कभी डेस्टिनी पर विश्वास करने को मन करता है।

—मुझे नन्दी के बारे में बता।

क्यों पूछ रही है बार–बार?—उमेश देर तक ख़ामोश रहा। चलते हुए दीवार पर लगी बुद्ध की पेंटिंग के पास खड़े होकर कहने लगा। मानो पेंटिंग को ही कुछ बता रहा हो। उसकी आवाज़ कहीं दूर से आ रही थी...

चीज़ों को दोहराओ तो बड़ी तकलीफ़ होती है। वह जब से जन्मी थी, बीमार ही बीमार रहती थी। दो दिन घर में रहती तो चार दिन अस्पताल में। विशाखा अक्सर अपने को कोसती कि उसकी तक़दीर में ही ऐसा क्यों लिखा था। सबके बच्चे हँसते–खिलखिलाते दिखते हैं और एक अपनी बच्ची है जो कभी ठीक ही नहीं होती। मैं उसे समझाता कि इस तरह परेशान होने से नहीं, बच्ची का इलाज कराने से ही काम चलेगा। बच्ची हमारी है, तो देखभाल भी हमीं करेंगे।

—हाँ, यह तो है।

लेकिन धीरे–धीरे स्थिति यह आ गयी कि हम दोनों को ही लम्बी–लम्बी छुट्टियाँ लेनी पड़तीं। कभी वह कभी मैं। दफ़्तर में अलग से आफ़त होने लगी।

हाँ, आजकल कौन किसकी मुश्किल समझता है। दफ़्तर को लगता है कि वह पैसे देता है, तो आदमी की और कोई दिक्कतें तो होती ही नहीं। इसलिए अपने सब काम भूलकर उसे चौबीस घण्टे दफ़्तर में ही रहना चाहिए।—शिवा ने कहा।

फिर एक दिन विशाखा ने तय किया कि वह नौकरी छोड़ देगी। मैंने उसे बहुत समझाया, मगर उसने कहा कि वह कई मोर्चे एक साथ नहीं सँभाल सकती। वैसे भी लगातार उसकी चिड़चिड़ाहट और ग़ुस्सा बढ़ता ही जा रहा था।

–तेरे मम्मी–पापा कहाँ थे?

पापा की तो बहुत पहले डेथ हो गयी और मम्मी से विशाखा की एक दिन नहीं बनती थी। मम्मी तो उससे कभी कुछ कहती भी नहीं थीं, मगर उसे उनके घरेलू तौर–तरीक़े बिल्कुल पसन्द नहीं थे। वह उन्हें गँवार भी कहती। ...इसलिए मम्मी कभी गाँव से यहाँ आती भी नहीं थीं। न विशाखा कभी वहाँ जाती थी। खैर, विशाखा ने नौकरी छोड़ दी, मगर नन्दी की हालत में कोई सुधार नहीं हुआ।

–मगर उसे हुआ क्या था।

–तुझे क्या बताऊँ मुझे ही मालूम नहीं। डॉक्टर भी अन्त तक नहीं समझ पाये। उस छोटी बच्ची ने न जाने कितने इंजेक्शन लगवाये। मुट्ठियाँ भर–भरकर दवाएँ खायीं हर रोज़। खाना कम था, दवाएँ ज़्यादा थीं।

–ओह।

विशाखा घर में रहने तो लगी मगर उसका स्वभाव बेहद चिड़चिड़ा हो गया। पैसे की कमी भी हो गयी थी। कहाँ दो इनकम और कहाँ मेरे अकेले की। उस पर किराया, नन्दी की दवाएँ। अब वह या तो लड़ती या रोती। समझाने पर वह और भी नाराज़ हो जाती।

और एक दिन जब मैं लौटा तो दरवाज़ा बाहर से खुला था। विशाखा घर में नहीं थी। नन्दी सो रही थी। मुझे लगा कि हो सकता है, वह कुछ लाने बाज़ार गयी हो, मगर जब वह देर तक नहीं आयी तो मैं उसे फ़ोन करने लगा। मगर फ़ोन बन्द था। नन्दी भी उठकर रोने लगी थी। मुझे डर भी लगने लगा। कहीं उसके साथ कुछ हो न गया हो।

कई दिन बीत गये विशाखा न लौटी, न उसका फ़ोन ही आया। मुझे कुछ न सूझा तो मैंने गाँव से मम्मी को बुलाया।

बीमार नन्दी कैसे रहेगी, यह चिन्ता तो थी ही विशाखा कहाँ है? यह परेशानी भी खाये जा रही थी।–उमेश ने ठण्डी साँस भरते हुए कहा।

–तूने पुलिस में शिकायत नहीं की।

–अगले दिन ही कर दी थी, मगर पुलिस को भी पता नहीं चल रहा था। उसका फ़ोन लगातार बन्द था। विशाखा के घर पर भी उसके मम्मी–पापा नहीं थे। ऐसा लगता था, जैसे किसी जादू से सबके सब एक साथ गायब हो गये हों।

–तो फिर वह मिली कि नहीं।

–नहीं, उसका कुछ दिनों बाद एक लम्बा पत्र आया। जिसमें उसने लिखा था कि दुनिया चाहे उसके बारे में कुछ भी कहे, मगर वह अब कभी नहीं आयेगी। ज़िन्दगी में बहुत आँसू उसने बहा लिए, अब नहीं बहाना चाहती। एक दिन फ़ोन किया तो उसका फ़ोन लग गया था। उसे बहुत समझाने की कोशिश की। बीमार नन्दी का भी हवाला दिया कि वह उसे बहुत याद करती है, मगर वह नहीं मानीं।

–अरे यार, मुझे तो यह सब सुनकर ही बुरा लग रहा है।

मुझे भी लगता था। ऐसा लगता था, जैसे सब कुछ सपने में हो रहा है। जैसे–तैसे ऑफ़िस जाता, वहाँ से भागता। नन्दी अस्पताल में होती, तो वहाँ दौड़ता। फिर वहीं हुआ जिसकी आशंका थी। एक दिन नन्दी ने आँखें बंद कीं, तो बन्द ही रह गयीं। मैंने विशाखा को फ़ोन किया, उसे बताया तो कहने लगी आयेगी।

–तो आयी थी।

–नहीं, नहीं, आयीं।

लेकिन विशाखा ऐसी लगती तो नहीं थी। तुझे याद नहीं, दफ़्तर में किसी की भी मदद करने के लिए कोई और आये न आये, वह कैसे दौड़ती थी। क्या बात हुई समझ में नहीं आता।

–मैं भी आज तक नहीं समझ सका। अगर नन्दी की बीमारी से परेशान थी, मिलकर कुछ हल निकाल सकते थे। मैंने तो उससे कभी नौकरी छोड़ने को भी नहीं कहा था।

–फिर कभी मुलाक़ात हुई।

—हां, बहुत बार उसने तलाक़ के लिए अपील की थी। मैंने कोई विरोध नहीं किया। म्यूचल कंसेट से तलाक़ हो गया।

—मेरी समझ में तो यह तेरा किस्सा आया ही नहीं। सम्बन्ध कहीं ऐसे टूटते हैं।

अब समझ में आये या न आये हुआ तो ऐसा ही।—उमेश बोला तो उसकी आवाज़ लड़खड़ा रही थी।

—फिर तूने दोबारा घर बसाने की नहीं सोची।

—नहीं, मन उखड़ गया। जब एक बार बिना कुछ किये शादी नहीं चली, तो दोबारा चल जायेगी, कौन कह सकता है?

—और विशाखा।

—हाँ, जिस गोल चक्कर पर तू उस दिन मिली थी, वहीं एक बार मिली थी, अपने हसबैंड के साथ।

—अगर तू ऐसा करता तो न जाने क्या—क्या कहा जाता तुझे। ख़ैर, ज़िन्दगी में न जाने कितनी आफ़तें होती हैं और उन सबसे निपटने के सबके अलग—अलग तरीक़े। चल चलती हूँ, फिर मिलूँगी। छह बजने वाले हैं।—शिवा ने कहा तो उमेश बोला—तुझे छोड़ आऊँ।

—नहीं, चली जाऊँगी। कभी घर आना।

शिवा बाहर निकली, तो उसका सिर चकरा रहा था। उमेश की बीस साल की ज़िन्दगी पर्त दर पर्त जैसे उसके सामने थी, मगर एक भी कोना तो ऐसा नहीं था, जो उजाले से भरा हो। लेकिन विशाखा की कहानी क्या है, यह तो वही बता सकती थी।

22 जून 2018

पैंतालीस साल की एक फ़िल्म

विनीता को पक्का यकीन था कि अभी उसके जीवन में दस साल बचे हैं। उसने कहा—वैसे तो कल का पता नहीं, मगर इन दस सालों में मुझे बहुत कुछ करना है।

जैसे कि—

एक तो वर्ल्ड टूर करना है।

अच्छा, कहां—कहाँ जाओगी, क्या—क्या देखोगी।

देखने को तो इतना होगा कि कई ज़िन्दगियाँ कम पड़ जायें। मगर एक तो चीन की दीवार, पिरामिड्स, कम्बोडिया का विष्णु मन्दिर, बुर्ज दुबई। फिर जहाँ जाऊँगी वहाँ पता चलता जायेगा कि और क्या—क्या देख सकती हूँ। मुझे एडवेंचर ट्रिप्स पर भी जाना है। और हाँ, स्टैच्यू ऑफ़ लिबर्टी—फ्रीडम, फैटरनिटी, लिबर्टी...हा...हा...हा...

तेरी जुबान किसी एडवेंचर ट्रिप से कम है।—मैंने हँसते हुए कहा तो वह बोली—मेरे सोना—मोना, लगता है तेरा भाषा ज्ञान कुछ कमज़ोर हो गया है। पहले तो कहता था न कि मेरी जीभ कतरनी की तरह चलती है। तब मैंने कतरनी का मतलब पूछा था तो तूने पानवाले के यहाँ बनी कैंची दिखाई थी—उधार प्रेम की कैंची है। तेरा—मेरा प्रेम उधार का था इसीलिए नहीं चल पाया।—और वह ज़ोर से हँसी थी।

वर्ल्ड टूर करने का कारण उसने बताया था कि वह जीवनभर बिना ब्रेक की ट्रेन की तरह घर से ऑफ़िस और ऑफ़िस से घर की तरफ़ दौड़ती रही है। मगर अब बस।

बस, क्या कोई बस ख़रीदने वाली है। मिनी ख़रीदेगी या डबलडेकर।

अरे श्री भानु प्रताप जी, कभी तो सीरियस हुआ करो। तेरी बीवी तो तेरी बातें सुनकर करम ठोंकती होगी कि किस जाहिल से पाला पड़ा है। कहती हूँ आसमान की समझता है, पाताल की।

ये तो सही कहा, वह करम ठोंकती है और मैं उसकी पीठ ठोंकता हूँ। सिर में तेल लगाता हूँ, चम्पी तेल मालिश।

कहीं ऐसा न हो कि कपड़े धोने वाले डण्डे से तेरी टाँगें ही ठोंक दे। सारा पीठ पर हाथ फेरना धरा रह जायेगा।

है क्या तेरे घर में वह डण्डा? और कुछ नहीं तो किसी को डराने के काम ही आयेगा। आजकल तो उसकी जगह घरों में वाशिंग मशीन मिलती है।—मैं बोला।

उस दिन मेट्रो में वह करीब—करीब पन्द्रह साल बाद मिली थी। विनीता ने ही मुझे पहचाना था। आवाज़ लगी थी—भानू ओ भानू के बच्चे। मैं कुछ बोलूँ, उससे पहले ही बोली बोली—हाँ, हाँ, भानू तू मुझ जैसी सफ़ेद बालों वाली को क्यों पहचानेगा। तुझे तो हमेशा सेक्सी डाल्स ही अच्छी लगती रही हैं। क्या आज से जानती हूँ।—कहकर उसके दाँत किसी बिजली की तरह चमके।

बाईगॉड तेरे दाँत कितने सफ़ेद हैं। तू तो किसी टूथपेस्ट का विज्ञापन ही कर ले।—मैंने कहा।

अच्छा दिलवा दे। इस बहाने कुछ नाम हो जायेगा। लोग पहचानने लगेंगे। हमें भी कुछ ऊपर की कमाई हो जायेगी। ज़िन्दगीभर सोचती रही कि काश, मेरा भी किसी ऊपर की कमाई वाला जॉब होता। मैं भी शाम को पर्स भरके रुपये लेकर घर पहुँचती और जब चाहती, तब नोट से सिगरेट सुलगाकर देखने वालों को जलाती।

अरे, जलने वाले तो तेरा शूर्पणखा स्टाइल देखकर ही जल जाते। बेचारे नोट की ज़िन्दगी लेने पर क्यों तुली है।

तुझे शूर्पणखा ही क्यों याद आती है। भूल गया, बहन थी किसी की।–विनीता आँखें मटकाते बोली–दूसरों की बहनों पर लाइन मारना गया नहीं तेरा अभी तक।

कैफे से बाहर निकलते हुए हमने फ़ोन नम्बर लिए–दिये थे। और अपने–अपने रास्ते चले गये थे। उस शाम ट्रैफिक भी कितना ज़्यादा था। ऐसा लगता था कि यहाँ रहने वाला हर कोई दो–दो गाड़ियों पर एक साथ चलता था।

फिर शुक्रवार की एक रात जब सिर में तेज़ दर्द था विनीता का फ़ोन आया। बात शुरू करने और हाल–चाल पूछने से पहले ही बोली–भानु, कल मिलता है।

–अरे, नहीं यार, कल दोस्तों से मिलना है। वैसे रात के साढ़े बारह बजे तुझे इस बात का ख़याल कैसे आया।

क्यों कोई रोक लगी है कि रात के बारह बजे कोई ख़याल नहीं आ सकता। रात के बारह क्या, दो बजे भी आ सकता है।

किसी ने बैन भी नहीं लगाया है कि रात को तुझे फ़ोन नहीं कर सकती। मैं क्या तेरी दुश्मन हूँ या कि बीवी से डर लग रहा है। और तू तो वैसे ही उल्लू प्रजाति का है।

अरे, नहीं यह कब कहा कि फ़ोन नहीं कर सकती। लेकिन कल तो पहले से दोस्तों के साथ प्रोग्राम फिक्सड है।

चल–चल ज़्यादा दोस्तों का और बिजी होने का रुतबा मत दिखा। आजकल किसी काम से बचना हो तो पहले से प्रोग्राम फिक्स होने का बहाना बनाकर लोग ख़ूब बच लेते हैं। सही बात है, बीवी ने मना किया होगा। अभी तक तो तूने मुझे उसके सामने अपनी गये ज़माने की लैला घोषित कर ही दिया होगा।

–कौन लैला, किसकी लैला। और उसका नाम क्यों लेती है, वह तो दो साल से बाहर है।

–क्यों कहाँ गयी, क्या छोड़ गयी?

विनीता की बात सुनकर हँसी आ गयी–अरे छोड़ जाती तो तसल्ली हो जाती कि चलो यही किस्मत में लिखा था। पिछले कई सालों से श्रीलंका में है।

—तू किसी रावण से कम है जो रावण के देश में चली गयी। तू गया है, कभी वहाँ।

—हाँ, बहुत बार।

—इस बार जायेगा तो मैं भी चलूँगी। तेरी वाइफ से भी मिलना हो जायेगा और घूम भी लूँगी।

—उससे तो यहीं मिल लेना। अगले महीने आयेगी।

अरे, साफ़ क्यों नहीं कहता कि ले जाना नहीं चाहता। वाइफ से डरता हो तो मत डर। मैं उसे साफ़ बता दूँगी कि तूने मुझसे इश्क़ लड़ाने की कोशिश तो बहुत की थी, मगर मैंने ही तुझे लिफ़्ट नहीं दी। सो, ख़तरे का नो चांस।

—अब तू झूठ भी बोलने लगी। मैंने कब तुझसे लिफ़्ट माँगी।

अरे, क्या माँगने से ही पता चलता है। मैं तो आँखें पढ़ लेती हूँ आँखें।—और उसकी हँसी गूँजी। फिर कहा—आ रहा है न कल।

—नहीं, यार सब बुरा मान जायेंगे। अब एक—एक को इस वक़्त बताना भी ठीक नहीं।

—तो ठीक है, कल नहीं सन डे मिल लेते हैं।

—कहाँ?

—नाथू आ जा। मेरे लिए पास पड़ेगा। तेरे लिए ठीक है न।

—हाँ, चल ठीक।

—वहीं लंच करेंगे। कुछ मटरगश्ती हो जाये। फिर फ़ोन कट गया।

लेटने के बाद बहुत देर तक मुझे नींद नहीं आयी। रह—रहकर विनीता मेरे ख़यालों में आती रही। पहले वह हमारे साथ ही बैंक में नौकरी करने आयी थी। उसका अन्दाज़ ऐसा था कि किसी भी बात पर ज़ोर से हँसती थी और किसी भी बात पर नाराज़ हो जाती। किसी को एक मिनट में अपना दोस्त कहती और दूसरे ही पल जीवनभर उससे न बोलने की क़समें खाती। बहुत से लोग कहते—यह मुसीबत कहाँ से आ गयी। बात न करो तो इस बात पर झगड़ती है

कि बोलते क्यों नहीं और बातें करो तो कहती है कि क्यों चिपके जा रहे हो। लेकिन वह बैंक में ज़्यादा दिन नहीं रही। उसका मन नहीं लगता था। कहती थी–ये भी कोई नौकरी है। रात–दिन हिसाब–किताब लगाते रहो। कितना आया, कितना गया।

जल्दी ही उसे रेलवे में नौकरी मिल गयी थी। और वह चली गयी थी–यह कहकर कि उसे घूमने का बहुत शौक़ है। रेलवे की नौकरी में जगह–जगह घूमेगी। पटरियों पर डिब्बे में बैठी, पेड़ों के साथ–साथ दौड़ेगी। पंछियों से रेस लगायेगी और रास्ते में दीखते लोगों से दौड़ते–दौड़ते टाटा बॉय–बॉय करेगी। हर रोज़ नये लोगों से मिलेगी। जहाँ मरजी आयेगी–जायेगी। पहली पोस्टिंग उसकी आगरा में हुई थी।

वहाँ जाने के बाद भी कभी–कभार उसका फ़ोन आ जाता। वह लैंड लाइन का ज़माना था। इसलिए ऑफ़िस में अक्सर जिसकी मेज़ पर फ़ोन होता, वह ज़ोर से पुकारता–भानु, तेरा फोन। फिर मुसकराती नज़रों से देखता। कोई–कोई तो चुहल करता–क्या चक्कर है भाई। क्या मिठाई–विठाई खिलाने का इन्तज़ाम कर रहे हो।

एक दिन विनीता ने कहा–भानु, तू आ जा न यहाँ। इन दिनों ताजमहल देखने का मौसम है।

–और पागल खाने जाने का भी।

–हाँ, वहाँ तो साथ चलेंगे। मैं वहाँ के डॉक्टरों से कह दूँगी कि हमारे बेड साथ लगाएँ। दोनों मिलकर ख़ूब इश्क़ का नाटक किया करेंगे। वैसे तेरी इनफार्मेशन के लिए बता दूँ, पागलखाना अब यहाँ नहीं है। उन्हें पता चल गया था कि तू मेरा फ्रेंड है और यहाँ आने वाला है। सोचा होगा कि एक ही हज़ार के बराबर है। क्या करते बेचारे।

फिर उसका वहाँ से ट्रांसफर हो गया। कभी–कभी उसका ग्रीटिंग आता। फिर धीरे–धीरे सम्पर्क की गति ख़त्म होती गयी। मेरी भी शादी हो गयी। घर–गृहस्थी के झँझट में वह यादों से भी गायब हो गयी।

उस दिन जब वह मेट्रो में मिली तो मैं तो उतरकर जा रहा था। तभी आवाज़ सुनायी दी–भानू...।

रुककर इधर–उधर देखने लगा कि उसने पास आकर मुक्का मारते हुए कहा–भूल गया पहचाना नहीं। राजीव चौक के इस स्टेशन पर भारी भीड़ थी।

अरे, विनीता हो। कैसे पहचानता पहले की पतली–दुबली तू टुनटुन से भी दोगुनी हो गयी है और बाल ऐसे सफ़ेद जैसे दादी के हों।

–अच्छा बेटा, तो दादी समझकर ही पहचान लेता। क्या माशूक़ा समझकर ही पहचानेगा हमेशा। तू जा कहाँ रहा है?

–दूसरी मेट्रो लूँगा घर जाने के लिए।

अरे जाना तो मुझे भी घर ही है। चल बाहर निकलकर कुछ खाते हैं। तू अब भी उसी तरह से गोलगप्पे खाता है, बीस–बीस।

–हाँ, अगर मिल जाये तो।

–तो चल मैं तुझे पूरे सौ खिलाऊँगी।

–इतना प्यार भी मत जता। मरना नहीं है मुझे।

–ले प्यार में तो सारी दुनिया मरने की कसमें खाती है और एक तू है...

दो बज रहे थे और नींद थी कि आ ही नहीं रही थी। सोचा कि एक प्याला चाय पी लूँ, लेकिन फिर आलस आ गया कौन बनाये इतनी रात में। सिगरेट पीने का मन किया फिर वह इरादा भी छोड़ दिया। विनीता ही एकाएक सामने आ खड़ी हुई। उसके बाल तेज़ तूफ़ान में जैसे घास हिलती है, वैसे ही लहरा रहे थे।

एक बार बहुत दिन बाद जब विनीता दफ़्तर आयी थी, तो उसने मेरी मेज़ के सामने बैठकर सिगरेट सुलगा ली थी और लोग उसे ऐसे देखने लगे जैसे कि बावले गाँव में ऊँट आ गया हो। लेकिन वह देखने वालों से बेपरवाह धुआँ उड़ाती रही थी और जान–बूझकर पास बैठे एक साथी के मुँह पर छोड़ रही थी।

मुझे भी उसकी इस छेड़खानी से दिक्कत हो रही थी। पूछा—पहले तो तू नहीं पीती थी। रेलवे के इंजन देख—देखकर पीने लगी क्या। यह आदत तुझे कैसे पड़ गयी?

—क्यों तुझसे पूछकर पड़ती।

—नहीं, मुझसे पूछकर तो नहीं, मगर सिगरेट पीना कोई अच्छी बात तो नहीं।

—हाँ, मगर फिर तू क्यों पीता है।

—मैं, हाँ मेरे लिए भी बुरी बात है।

—तो फिर छोड़ क्यों नहीं देता।

—तेरे कहने से छोड़ दूँ। तू छोड़ देगी।

—वह तो मेरी मरजी है।

—लेकिन मैंने तो तुझसे नहीं कहा कि क्या अच्छा है और क्या बुरा। बेबी यू नो सिगरेट इज इंज्यूरियस टु हेल्थ। आदमी—औरत दोनों के लिए।

येस, डैड आयी नो।—कहते हुए विनीता ज़ोर से खिलखिलाकर हँसी। अरे, तुझे एक बात तो बताना भूल ही गयी।

—बता।

—मैं प्रेग्नेंट हूँ।

—तब तो तुझे और सिगरेट नहीं पीनी चाहिए। बच्चे के लिए नुकसान दायक होती है।

—अच्छा ऐसा क्या।

—क्यों तेरे डॉक्टर ने नहीं बताया।

—बताया भी हो तो शायद मेरे दिमाग़ में रजिस्टर न हुआ हो।

—मगर, हाँ तेरी शादी कब हुई।

—अबे साले दुनिया चाहे जितनी बदल जाये तुम लोगों का सोच नहीं बदलता। मैं सरोगेट मदर भी बन सकती हूँ। किसी का बच्चा गोद भी ले सकती हूँ।

—तो ऐसा कह न।

ऐसा कह क्या मतलब। बच्चे के बारे में सभी तरह की सफ़ाई देना ज़रूरी है। बच्चा माने बच्चा और माँ माने मां, समझा क्या। मगर घबरा मत, मेरी शादी हुई है। बाकायदा मेरा पति है और यह उसी का बच्चा है। अब तो ख़ुश। वैसे किसी और का भी होता तो हसबैंड को चाहे बताती न बताती, तुझे ज़रूर बता देती। यू आर माई डार्लिंग।

–मगर तूने शादी में बुलाया नहीं।

–बुलाती कैसे। चट मँगनी पट ब्याह जो हुआ था।

–अच्छा, बिल्कुल तेरी चाहत जैसा, एडवेंचर वाला।

–हाँ, यही समझ ले। मेरी बहन की शादी हो रही थी। वहीं सुरेश आया था। बस मुझे देखकर लट्टू हो गया। आख़िर मैं हूँ ही ऐसी। तू लट्टू होने वालों में ख़ुद को अकेला मत समझ।

–तू मुझ तक कैसे आ गयी। आगे बढ़ न या मेरा नाम आते ही तेरी बुलेट ट्रेन में ब्रेक लग जाता है।

–बढ़ती हूँ...बढ़ती हूँ। अपनी बुलेट तो क्या एक्सप्रेस भी नहीं है। पेसेंजर ट्रेन है। धीरे–धीरे सीटी मारती, कमर मटकाती चलती है।

उसकी बात सुनकर हँसी आ गयी–रेलवे में क्या गयी ट्रेन भी तुझे कमर मटकाती दीखने लगी। ख़ैर, आगे बता।

बस सुरेश ने पापा से कहा कि इसी मण्डप में मेरी भी शादी कर दो। अब पापा परेशान, न जान, न पहचान। लड़का क्या करता है। क्या घर–बार है, पता नहीं। उसने बारात में आये अपने पापा से मिलवाया। मेरे पापा ने उनसे पूछा तो वह भी बड़े मजे से बोले–लड़का नहीं मानता तो कर दीजिए न। पापा ने मुझसे पूछा तो मैंने सोचा न ख़र्चा, न कोई माँग–जांच। लड़का भी कॉलेज में पढ़ाता है। इतनों से चक्कर चलाने की कोशिश की मगर शादी तक कोई नहीं पहुँचा। बस हो गयी शादी। बारात एक और बहुएँ दो–दो। बहन के लिए जो मिठाई बनावाई गयी थी, उसमें से आधी मेरे साथ बाँध दी गयी। आधा सामान मुझे दे दिया गया। बाद में पता चला कि बहन के ससुराल वालों और बहन को बहुत ग़ुस्सा आया कि उसके हिस्से की चीज़ें मुझे मिल गयीं।

और तेरी...कोई फँसी क्या अब तक तेरे जाल में।–विनीता ने पर्स से शीशा निकाला और लिपिस्टिक लगाती बोली।

–हाँ, अगले महीने शादी है।

–बुलाएगा न मुझे।

–हाँ, पता दे दे। उसने पता दिया था। तब तक मोबाइल भी आ गये थे, नम्बर भी दिया था।

अपनी शादी का कार्ड भेजा था उसे, मगर आना तो दूर उसका कोई पत्र या सन्देश तक नहीं आया।

फिर बाद में पता चला कि मुझसे मिलकर जाने के बाद वहाँ से उसका ट्रांसफर हो गया था, जहाँ का पता देकर गयी थी। और मोबाइल नम्बर बदल गया था।

–तो अब सुरेश का क्या हाल–चाल है? तेरे साथ रहकर बेचारे का आधा वजन तो कम हो ही गया होगा।

–सुरेश की क्या पूछता है। मुझे ही उसके बारे में अरसे से नहीं पता।

–क्या मतलब। सेपरेशन हो गया।

–हाँ, ऐसा ही समझ ले। उसे गये तो अरसा बीत गया।

कहाँ, चला गया। सचमुच तलाक़ हो गया।–मुझे विश्वास नहीं हो रहा था।

अरे, तलाक़ होता तो भी ठीक था। वह तो वहाँ चला गया।–उसने ऊपर की तरफ़ इशारा किया।

क्या कह रही है। यह कब हुआ।–मेरी चुहल की आवाज़ जैसे किकियाहट में बदल गयी।

–बस हो गया। कुछ भी क्या बताकर होता है कि अब कुछ ख़राब होने वाला है।

–परिवार में और कौन है।

–वही बच्चा जिसके बारे में मैंने तुझे बताया था।

–कितना बड़ा है?

–सत्रह साल का।

—चल बड़ा हो गया। कुछ दिन बाद तेरा सहारा बनेगा।

—कल कौन किसका सहारा बनता है। ख़ैर, तू अपनी बता। तेरे बच्चे हैं?

—नहीं मेरी वाइफ कहती है कि बच्चा नहीं चाहिए।

—तो तूने उसकी बात मान ली।

—क्यों न मानता। आख़िर पैदा तो उसे ही करना है। अगर वह नहीं चाहती तो ठीक है।

—वाह, तू तो बड़ा अच्छा जिसे अंगरेज़ी में डाटेड हसबैंड कहते हैं, वह निकला।

मेज पर खाने के लिए गोलगप्पे रखे थे, मोटी मलाईदार लस्सी भी थी। छोले—भठूरे भी थे, मगर कुछ भी खाने का मन नहीं किया।

यह देख विनीता बोली—अब ऐसा मत कर। लाइफ़ में न जाने क्या—क्या होता है, मगर हम खाते ही हैं। क्या करें ज़िन्दा कैसे रहे। ज़िन्दगी सड़क की तरह होती है और परेशानियाँ स्पीड ब्रेकर, गड्ढों और मोड़ों की तरह।

जैसे—तैसे दो गोलगप्पे गले से नीचे उतरे। बाहर कितने फूल रखे थे, लेकिन मन में कहीं पतझड़ भागा चला आ रहा था।

× × ×

एक रोज़ जब फ़ोन पर बात हो रही थी तो वह बोली—यार आजकल तू ज्ञान बहुत देने लगा है।

—हाँ, फेसबुक पर बहुत फ्री का ज्ञान बँट रहा है, तू भी ले ले।

—तूने क्या वहीं से लिया है। अबे फ्री की किस चीज़ की क़ीमत होती है। प्रसाद भी पण्डित ज़्यादा दे दे तो लगता है, मिठाई ख़राब हो रही होगी, इसलिए जल्दी से जल्दी निपटा रहा है।

हाँ, यह बात तो ठीक है। पहले एक गुरु होता था और सौ ज्ञान पाने वाले, अब सौ ज्ञान देने वाले और लेने वाला एक भी नहीं।—कहते हुए मुझे हँसी आ गयी।

अरे भानु भाई साहब, सौ नहीं एक लाख उससे भी अधिक। याद होगा कि जब फ्री की किताबें मिलती थीं, तो हम लोग उन्हें बिना

देखे ही डस्टबिन में डाल देते थे। ये लाखों भी हर वक़्त डिलीट हो–होकर डस्टबिन में पहुँचते रहते हैं।

हाँ, जैसे कि माँ–बाप को बच्चे फ्री का मजदूर समझते हैं और जब वे बूढ़े हो जाते हैं, किसी काम के नहीं रहते, तो वक़्त की डस्टबिन में उन्हें भी फेंक फारिग होते हैं कि कौन इस कूड़े को हरदम सिर पर ढोता फिरे। इसी तरह वे हर बार अपने लिए भी एक डस्टबिन तैयार करते हैं।

यार तेरे–मेरे विचार कितने मिलते हैं। इसीलिए तो कहती हूँ मुझी से इश्क़ लड़ा लिया होता। अच्छी बनती। विधवा होने का टैग भी नहीं लगता। तेरे हाथ में तो लम्बी लाइफ़ लाइन है न।

हाँ, तब तू कहती यू शटअप। आई वांट टु लिव लाइफ़ ऑन माई ओन टर्म्स।

सुनकर वह इतनी ज़ोर से हँसी कि लगा कि भूकम्प आने वाला है। दीवारें और पंखे हिल रहे हैं। भागकर सीढ़ियों पर या मेज़ के नीचे घुस जाओ।

–रहने दे ज़रा धीरे हँस। पता चला कि पंखा सिर पर आ गिरा धड़ाम।

–क्यों ज़ोर से हँसने वाली लड़कियाँ अच्छी नहीं लगतीं।

–लगती हैं, लगती हैं, मगर दूर से। पास में हँसती हों तो लगता है न जाने कितने एटम बम कान के पास फट गये हों।

एटमबम पुराने हुए अब हाइड्रोजन बम की बात कर। हाँ, मैं कह रही थी ये माई ओन टर्म्स क्या होता है।

–मुझे भी नहीं मालूम।

मैं तो सोचती हूँ कि जहाँ हमें ज़रा सा भी झुकना पड़े वहीं के लिए होता है, यह ब्रह्म वाक्य। वैसे तो जीवन में बिना झुके, बिना दूसरे की सुने काम चलता नहीं, सड़क पर गाड़ी भी चलाओ तो दायें, बायें, आगे, पीछे देखकर और दूसरे को जगह देकर चलना पड़ता है। मगर हम दिखाते हैं ऐसे हैं कि देखो जी मैं किसी की नहीं सुनती और मजे से जी सकती हूँ।

अपने एक्सपीरिएंस से कह सकती हूँ दूसरों को उल्लू बनाने के लिए यह एक अच्छा ड्रामा है।

× × ×

अचानक विनीता नाथू में बैठे–बैठे चिहुँक उठी–अरे ये मेहता कहाँ से आ गया।

–कौन है?

–है एक। उसने देख लिया है अब मानेगा नहीं, इधर आये बिना। देख बिल्ली की तरह आयेगा, धीरे–धीरे पंजे रखता।

अचानक मेहता गया। बात उससे करने लगा और देखने मुझे लगा–अच्छा आपके मि. हैं।

विनीता बोली–जी।

–बड़ी ख़ुशी हुई आपसे मिलकर। आप तो कहीं बाहर रहते हैं न, कब आना हुआ।

–बस दो दिन पहले।

–अभी तो रहेंगे न।

–जी।

–अच्छा है विनीता बहन जी का मन भी लग जायेगा। अकेली भी रहें तो कब तक।

विनीता ने उसकी बात सुनकर अपने होंठों पर दस फुट की मुसकान खींची। कहा–और मेहता साहब आपका कैसे आना हुआ?

–अब कल करवचौथ है न। सोचा वाइफ के लिए कुछ मिठाई–शिठाई ले चलूँ।

यह सुनकर विनीता ने आँखें तरेरकर मुझे देखा फिर तेज़ आवाज़ में बोली–सीखो कुछ मेहता साहब से। कभी सोचा है कि करवाचौथ के दिन मिठाई–नमकीन ले चलूँ। पूरे दिन भूखी रहती हूँ तुम्हारे लिए और एक तुम हो।

मेहता को लगा कि अब यहाँ से निकलने में ही भलाई है। जाते हुए बोला–बहन जी साहब के साथ कभी घर आइए।

–जी ज़रूर आऊँगी। मगर आऊँगी तो खाना भी खिलाना पड़ेगा।

–अरे कैसी बातें करती हैं। आप आइए तो सही।

विनीता ने कहा नहीं, वरना हो सकता है वह हमारे साथ ही बैठ जाता।

कुछ देर वह खड़ा रहा फिर भारी क़दमों से आगे चला गया।

यह क्या नाटक कर रही थी। तूने उससे झूठ क्यों बोला।–मैंने खिसियते हुए कहा।

–क्या झूठ?

–जब उसने पूछा कि आपके मि. हैं।

–अरे, तो अगर इसमें से आपके हटा दूँ तो तू मि. नहीं है, मिसेज़ हो जायेगा।

–फालतू बक–बक मत किया कर। कल अगर तेरे हसबैंड को देखेगा तो।

कैसे। क्या उससे मिलने ऊपर जायेगा। इससे पिंड और कैसे छुड़ाती। फ्रेंड इसकी समझ में नहीं आता। दस सवाल और करता। जहाँ, ज़रूरी हो हसबैंड का कवच ओढ़ लेना चाहिए।

–बेचारा हसबैंड। कभी ढाल, कभी कवच और कभी कूड़ेदान में। इसे कहते हैं हसबैंड की मल्टी टास्किंग। वैसे यह है कौन। मान ले तेरे हसबैंड की फ़ोटो देख ले तो।

कहाँ से। क्या मेरी पुरानी एलबम्स चुराने रात में घर आयेगा और इसे पता चल भी जाये तो यह भी तो हो सकता है कि मैंने तुझसे दूसरी शादी कर ली हो या पहले हसबैंड से तलाक़ हो गया है। लिव इन में होऊँ। बदलो बेबी, बदलो। वैसी स्टीरियो टाइप दुनिया अब नहीं रही जैसी तुम लोग सोचते आये हो। औरत की बाजू में आजकल सिर्फ़ उसका पति ही नहीं चलता और भी बहुत से लोग हो सकते हैं।

मुझे मुसकराते देख वह बोली–क्यों मुसकरा रहा है। लगता है अपनी चाँदी समझ रहा है कि तेरा ही नम्बर कहीं लगने वाला हो। भूल जा, जब लगेगा तब रांग नम्बर।

–वैसे, मुझे बेचारे मेहता से सिंपैथी हो रही है। अगर बेचारा रात में ग़लती से भी घर आ गया, तो झाड़ू लेकर दौड़ेगी उसकी तरफ़।

आजकल घरों में झाड़ू की जगह वाइपर्स मिलते हैं। एक पड़ जाये तो चकरघिन्नी हो जाये आदमी। तू आ जाना, कभी पता चल जायेगा।

–वैसे यह तो बता था कौन बेचारा।

अरे, जब रेलवे ज्वाइन किया था तो उसी ऑफ़िस में था। पहली मुलाक़ात इसी से हुई थी। सौ–दो सौवें नम्बर का आशिक़ बनने की इसकी भी बड़ी इच्छा थी। और वैसे देख कैसे राखी जेब में लिए घूम रहा था। उसने मेहता की नक़ल उतारी–विनीता बहन जी का भी मन लग जाता होगा।

–क्या तूने आशिक़ों की लिस्ट बना रखी है। जो किसका कौन–सा नम्बर था वह भी याद है।

–हाँ, फ़ाइल्स बनाकर सेव्ड हैं, दिमाग़ की हार्ड डिस्क में, जब चाहो रिकॉल कर लो। वैसे यह बता तेरी वाइफ कब आ रही है? क्या नाम है उसका?

अचानक अपने आशिक़ों को छोड़ मेरी वाइफ तक क्यों जा पहुँची। उसका नाम है–अनिकेता।

–हैं, यह कैसा नाम है। जिसका कोई घर नहीं।

–ठीक तो है। तुम औरतें ही तो कहती हो कि तुम्हारा कोई घर नहीं होता।

–हाँ, कहते तो हैं। मगर घर को होना पड़ता है। चाहे होस्टल के कमरे को घर बनाओ या रेलवे प्लेटफॉर्म पर। घर तो चाहिए, मेरे कमरे में रहने वाली गौरैया को भी।

अचानक बाहर सड़क पर ज़मीन पर पड़े पत्ते ऊँचे उठकर हवा में उड़ने लगे।

विनीता चहकते हुए बोली–चल चलता है।

अरे, पागल हो गयी है। आँधी आ रही है। धूल में अँट जायेंगे। यहाँ पेड़ भी इतने हैं कि डाली टूटकर सिर पर गिर गयी तो...

—तू कितना गैर रोमांटिक है। अरे आँधी के साथ सब उड़ सकते हैं, तो हम क्यों नहीं।

—तो जा उड़। मैं पकड़ने नहीं आऊँगा।

—तुझे बुला कौन रहा है। पहले ख़ुद को तो सँभाल ले।

× × ×

एक सवेरे मैं विनीता के घर के पास से गुज़र रहा था। लगा उससे मिलता चलूँ। मैंने फ़ोन करके पूछा—तू घर पर है।

—हाँ, क्यों पूछ रहा है।

—वैसे ही इधर से गुज़र रहा था तो सोचा तुझसे मिलता चलूँ।

—मिलने के लिए घर आने की क्या ज़रूरत। बाहर मिल लेते हैं।

—बाहर क्यों। घर बुलाना नहीं चाहती। अब इतना भी भाव मत खा।

—चल आ जा तू भी क्या याद रखेगा।

—वाइपर लेकर तो नहीं दौड़ेगी।

वह ज़ोर से हँसी—अभी तो दिन है, रात कहाँ।

घर पहुँचकर देखा तो वह दरवाज़ा खोलते ही बोली—तेरे लिए आलू का पराँठा बनवाया है।

—बनवाया है, किससे।

—मेड बनाकर गयी है।

मैं बैठकर देखने लगा। दीवारें एकदम खाली थीं। कहीं किसी जगह कोई तसवीर या पेंटिंग भी नहीं थी। बस एक पोस्टर लगा था—ज़िन्दगी दो मिनट का खेल है, बाक़ी सब फेल है।

पराँठा खाते मैंने पूछा—सुरेश का फ़ोटो दिखा। क्या अन्दर के किसी कमरे में लगा है।

—नहीं, बार–बार उसे याद करके क्या करूँ। वह कभी वापस नहीं आयेगा। बेकार में उसे देखकर परेशानी होती है।

—वैसे उसकी डेथ कैसे हुई थी।

—अब तू नाश्ता कर। पुरानी बातें याद करने से क्या फ़ायदा।

—नहीं मैं तो वैसे ही पूछ रहा था।

–दुनिया में वैसे ही कुछ नहीं होता। हम घूमने मनाली गये थे। रास्ते में बस फिसलकर खाई में लटक गयी। बेटे और सुरेश को गहरी चोटें लगीं। आसपास कोई अस्पताल क्या, अस्पताल तक ले जाने वाला कोई नहीं था। जब तक एक ट्रक वाले ने लिफ़्ट दी, वह नहीं रहा।

–और बेटा, वह ठीक है।

–हाँ, ठीक ही है।

–ही से मतलब।

–इतने साल से बिस्तर पर है।

–बिस्तर पर मतलब।

–मुझे घबराहट सी हुई।

–उसे रीढ़ की हड्डी में गहरी चोट लगी थी। तब से चल–फिर नहीं सकता। ठीक से बोल भी नहीं सकता।

–तो तू अकेली कैसे देखती है?

–दो साल पहले तक सास थीं। उनके भरोसे मेड रहती थी, लेकिन बेटे के दुख ने उन्हें ऐसा कर दिया कि चल बसीं। अब तो मैं हूँ या बेटा है।

–फिर तू नौकरी पर कैसे जाती है।

–जैसे–तैसे। मेड आती भी हैं तो भाग जाती हैं। आजकल कोई किसी बीमार को नहीं देखना चाहता। सोच रही हूँ वी. आर. एस ले लूँ। वह तो चला गया, इसे मेरे भरोसे छोड़ गया। मेरे बाद पता नहीं इसका क्या होगा।

–और वह तेरा वर्ल्ड टूर।

उसकी आँखें झिलमिला आयीं–अरे तुम लोगों की प्राब्लम ये है कि किसी को कल्पना में भी ख़ुश नहीं होने देते। मेरा वर्ल्ड टूर तो इस कमरे से उस कमरे तक ही जाने में फिनिश हो जाता है। चल छोड़, तू पराँठा खा।

–और तू।

–मैं भी खाऊँगी। ज़रा बेटे को पहले दलिया खिलाने की कोशिश करती हूँ।

मैं उसके पीछे जाकर बेटे को देखना चाहता था, मगर हिम्मत थी कि जवाब दे गयी थी। मैं उसे बिना बताये, जल्दी से वहाँ से निकल भागा। उसके बाद मैंने कभी उसका फ़ोन नहीं उठाया। उसकी लगातार की खिलखिल बियाबान की किसी तेज़ चीख जैसी मेरे कानों में लगातार गूँजती थी। ऐसा लगता था कोई फ़िल्म देखकर लौट रहा हूँ। सच में क्या कभी ऐसा हो सकता है। कई फ़िल्मों की कहानी आँखों में तैर रही थी। मगर विनीता की ज़िन्दगी तीन या दो घण्टे की कोई फ़िल्म नहीं थी।

हंस : **2017**

पराँठा ब्रेकअप

तारा घबराकर उठ गयी। लगा कि कोई सपना देखा होगा, लेकिन नहीं उसने ऐसा कोई सपना नहीं देखा था। गरमी लगने से भी कई बार उठ जाती है, वैसा भी नहीं हुआ था। उठकर डाइनिंग टेबल तक गयी। पानी का एक घूँट पिया।

कमरे में अँधेरा था। सामने वाली खिड़की की लाइट भी नहीं जल रही थी। बारह से पहले तो बन्द होती नहीं। तो बारह के बाद इतनी रात को किसे आने की पड़ी है। मोबाइल में देखा। लो बारह भी नहीं, ढाई बजे हैं। कहीं कोई चोर–डाकू तो नहीं। कल ही तो अन्नू से जब फ़ोन पर बात हो रही थी, तो वह कह रही थी कि अब सोसाइटीज़ में भी रहना सेफ नहीं। सी. सी. टी. वी. लगवा लो और सोसाइटी वालों से कहो कि इस तरफ़ भी चौकीदार रखें। इस तरफ़ हमेशा अँधेरा होता है। पीछे के पार्क में अक्सर ड्रग एडिक्ट और बदमाश बैठे रहते हैं। दीवार भी इतनी छोटी है। कोई कूदकर आ जाये तो। वैसे भी दीवार के किनारे जो आम का पेड़ है, वहाँ पीछे से पार्क से सीढ़ी लगाकर लोग आम तोड़ते हैं। तो कूद कर आ भी सकते हैं। इसीलिए मुझे हमेशा तुम लोगों के लिए डर लगा रहता है।

उस समय तारा को लगा था कि लड़की पता नहीं कितनी दूर की बातें सोचती है। आज माँ की युगों पहले कही बात भी याद आने लगी। वह कहती थी–चोर अक्सर सवेरे की होन में आते हैं, क्योंकि तभी अक्सर गहरी नींद आती है। क्या पता माँ की बात सही हो जाये।

लेकिन अब इतनी रात में दरवाज़े पर कौन है। चोर हुआ तो क्या करेगी। सिहरन सी हुई तारा को। सब्ज़ी वाले से लेकर दूध वाले, कामवाली, चौकीदार, दुकानदार सबको तो पता है कि हम दो यहाँ अकेले रहते हैं। आकर कोई न कोई कहता ही रहता है कि अकेले रहना इस उम्र में कितना मुश्किल है और क्यों न किसी रिश्तेदार को पास बुलाकर रख लें या चौबीस घण्टे के किसी सहायक को रख लें। कम से कम कोई जवान लड़का घर में रहेगा तो वक़्त ज़रूरत काम भी आयेगा। रात–बिरात कोई बीमार हो जाये, तो क्या हो। कम से कम दौड़ने वाला कोई तो होगा। वो तो अच्छा है कि अन्नू को उसने इस बारे में नहीं बताया नहीं, तो वह पीछे पड़ जाती और हो सकता है किसी ऑन लाइन एजेंसी से ढूँढ़कर उसे घर ही भेज देती। कहती ही रहती है कि बस बहुत हुआ, कब तक तुम लोग काम ही काम करते रहोगे। हालाँकि तारा को कभी चौबीस घण्टे के लिए किसी की ज़रूरत नहीं रही। शरीर की ऐसी भी गुलामी क्या कि ज़रूरत होने पर भी हिलने से मना कर दे।

अचानक तारा को फिर याद आया कि दरवाज़े पर कोई है, मगर कोई लुटेरा क्या घण्टी बजाकर आयेगा। हो सकता है, आ ही जाये। जब चोर फेसबुक पोस्ट देखकर आ जाते हैं, तो आकर घण्टी भी बजा सकते हैं। पहले लगा कि पति को जगा दे। लेकिन क्या फ़ायदा। अपनी तो नींद ख़राब हुई ही है, उनकी भी क्यों करे।

तारा ने दरवाज़े के पास जाकर मैजिक आयी से झाँका। फिर लकड़ी के दरवाज़े की कुण्डी हटाकर ग्रिल वाला दरवाज़ा भी खोल दिया।

सामने अन्नू खड़ी थी–तू इस वक़्त। शाम को ही तो बात हुई थी। बता नहीं सकती थी कि आ रही है।

–बता देती तो सरप्राइज कैसे देती।

ये तुझे और तेरे भाई को हमेशा सरप्राइज देने की क्यों पड़ी रहती है। वह भी विदेश से एक रात ऐसे ही बिना बताये आया था, याद है। इतनी रात है। टैक्सी से आना कितना अनसेफ है।

–हो गयीं न शुरू। पता था कि ऐसा ही होगा। लेक्चर अनलिमिटेड शुरू हो जायेगा। संसार के सारे हादसे तुम्हारी ही बेटी के साथ नहीं होने वाले।

–हाँ, हादसे तो कहकर ही होते हैं। पहले से बता देते हैं कि वे होने वाले हैं और तुझे तो सबसे पहले बता देंगे।

–ओफ, नाउ स्टाप। कुछ हुआ तो नहीं न। आ गयी न ठीक से। जो नहीं हुआ उसके लिए सुना रही हो और अपना, मेरा टाइम वेस्ट कर रही हो। चलो कुछ खाने को दो।

–खाने को तो इस वक़्त क्या होगा। पहले से पता होता तो कुछ बनाकर रख देती। अब भुगतो। देखती हूँ, फ्रिज में क्या है।

–पापा कहाँ हैं?

सो रहे हैं दूसरे कमरे में। तुम्हें पता तो है न कि एसी उन्हें अच्छा नहीं लगता और मुझे एसी के बिना नींद नहीं आती।–तारा ने रसोई की तरफ़ जाते हुए कहा।

और क्या, तुम तो हो ही बड़ी आदमी। लोगों के पास पंखा तक नहीं और एक ये हैं कि बिना एसी के रह ही नहीं सकतीं।–कहकर वह हँसी फिर बोली–रहने दो कुछ बनाओ मत। ब्रेड हो तो टोस्ट बना दो।

–अरे जितनी देर टोस्ट बनाने में लगेगी, उतनी ही देर में पराँठा बन जायेगा। अजवायन वाला पराँठा बना देती हूँ। अचार से खा ले।

अरे तू।–अचानक आवाज़ सुनायी दी तो अन्नू बोली–लो पापा भी आ गये।

–मगर तू आ कैसे गयी?

फ्लाइट से।–कहकर वह ज़ोर से हँसी।

हाँ, यह तो मुझे भी मालूम है, लेकिन दिवाली पर इतना इन्तज़ार करते रहे, नहीं आयी और अब चुपके से आ गयी।–पापा ने कहा।

–हाँ, मैंने सोचा कि दिवाली की कमी अब पूरी कर देती हूँ। डियर डैड, ऑफ़िस की मीटिंग थी। तो मैंने सोचा कि चलो अच्छा है, तुम लोगों के साथ भी रह लूँगी।

अन्नू को खाते–खाते बात करते चार बज गये। वह खाती जाती और यमी–यमी करती जाती। फिर बोली–लग रहा है कि कितने दिन बाद अच्छा खाना खाया है। फिर उसने अपनी प्लेट सिंक में रखी और हाथ धोकर अपने कमरे में चली गयी। बिस्तर पर पैर फैलाती बोली–अपने कमरे में आकर हमेशा कितना अच्छा लगता है। वहाँ कितनी बार सपने में कमरा दिखाई देता है, जैसे मुझे बुला रहा हो। अब इतने दिनों बाद अपने कमरे में आराम से सोऊँगी। तुम लोग भी सो जाओ।

तारा मुसकरा उठी। बचपन से वह इस कमरे में रहती आयी है। कितनी यादें जुड़ी हैं इससे। पहली क्लास से लेकर अब तक की उसकी कितनी शैतानियों, खुशियों, रोने–धोने को समेटे है, यह कमरा। इसे देखकर वह भी तो मुसकराता होगा। कमरे को भी तो इसकी याद आती होगी।

तारा लेट गयी तो नींद नहीं आयीं अगर नींद न आये और वह लेटी रहे तो थकान हो जाती है। और दिमाग़ भी बुलेट ट्रेन की रफ़्तार से भागने लगता है। पता नहीं कहाँ–कहाँ की चिन्ताएँ, डर, परेशानियाँ एक दूसरे से हम पहले कि हम पहले की प्रतियोगिता करने लगती हैं। और कोई समय होता तो उठकर कोई और काम करने लगती। अक्सर ऐसा करती है। नींद न आ रही हो, तो लगता है कि वैसे ही बिस्तर पर पड़े रहकर क्यों समय बर्बाद करें। जो काम बाद में करना है, उसे अभी ही निपटा दे। इससे जो समय बचेगा, तब और कुछ कर लेगी। आख़िर काम कभी ख़त्म तो होते नहीं। हमेशा मुँह फाड़कर अपने पास बुलाते रहते हैं–ये करो, वो कर, ये नहीं किया, वह नहीं किया, यह रह गया, वह रह गया।

करवट बदलते–बदलते जैसे–तैसे साढ़े पाँच बजे। नींद न आ रही हो, तो चाहे जितना अच्छा बिस्तर हो, काटने दौड़ता है। अन्नू तो उठेगी अपनी मरजी से। दस बजे से पहले तो क्या उठेगी और वहीं से चिल्लाएगी–चाय–चाय। इलायची वाली बनाना। इतने दिनों से अच्छी चाय नहीं पी, तुम्हारे हाथ वाली।

कभी तारा को ग़ुस्सा आ जाता है–किस उम्र तक तू पल्लू पकड़े रहेगी। अपना काम ख़ुद किया कर। पता नहीं क्या–क्या ख़याल आते रहे। फिर यह भी लगता है कि परदेस में अकेली रहती ही है। सब काम ख़ुद करती ही होगी। यहाँ आकर इतराती है तो पति की बात याद जाती है। वह कहते हैं–अपनी माँ के सामने नहीं इतराएगी तो भला फिर किसके सामने।

अरे, क्या इतराती भर है, देखा नहीं कैसा हुकुम चलाती है।

सारी बातें याद करते–करते भी तारा से अब नहीं लेटा जा रहा था। वह चुपके से उठी। फिर बिना लाइट जलाये ही धीरे–धीरे चलकर पति के कमरे तक पहुँची। वहाँ से अपना वह छोटा थैला उठाया, जिसमें अपना छोटा पर्स और मोबाइल रखती है। टटोल–टटोलकर फिर लौटी। अँधेरे में किसी चीज़ से पैर न टकरा जाये और चोट लगे, वैसे ही बुढ़ापे और बढ़ती उम्र के सत्तर रोग, लेकिन बच्चों का स्टीरियो टाइप बदलता ही नहीं। उन्हें वही माँ याद रहती है बचपन वाली, जो दिन के चौबीस घण्टे उनके लिए बिना थके दौड़ती रहती थी।

चाहे जितने ढोल–नगाड़े बजते रहें उसके पति आराम से सो जाते हैं और एक वह है कि पिन भी गिरे तो नींद टूट जाती है, फिर रातभर बुलाने से भी नहीं आती। उसने पति के कमरे का दरवाज़ा भेड़ा फिर अन्नू का, जिससे उसके उठने से उनकी नींद ख़राब न हो। कम से कम वे लोग तो आराम से सो लें। सब काम धीरे–धीरे करने लगी बेआवाज़। चलो लड़की आ गयी। कुछ दिन रहेगी। हालाँकि जब आती है तो लोकल ऑफ़िस और दोस्तों से ही फ़ुरसत नहीं होती। शाम के वक़्त अगर घर हो तो ज़रूर कुछ गप–शप की फ़ुरसत होती है। हालाँकि ऐसा होता बहुत कम है।

घर की हर चीज़ को फेंकने, बदलने के लिए वह तैयार बैठी रहती है। अक्सर तारा से उसकी बहस हो जाती है–जब सोफ़ा अच्छा–खासा है। पहले जितने में लिया था, आज उससे दस गुनी क़ीमत पर आयेगा। मजबूत है, फिर इसकी जगह नया क्यों लाएँ।

पैसा फालतू तो है नहीं। जो इस पर ख़र्च करो, बचाकर जमा कर लो। हाँ, फालतू ख़र्च करो तो खत्तियाँ भी खाली हो जायें। लेकिन बचत तो काटती है।

डियर माताश्री यह तुम्हारे वाला ज़माना नहीं है कि एक चीज़ ख़रीदोगी तो पोते का पोता यूज़ करेगा और फिर पैसा कमा रहे हैं, तो ख़र्च भी करेंगे। एंड ओल्ड इज नाट आलवेज गोल्ड। कूड़ा भी होता है।–वह कहती।

अरे कौन मना करता है कि मत ख़र्च करो, मगर बेकार की चीज़ों पर क्यों। जिस चीज़ की ज़रूरत न हो, उस पर क्यों। ज़रूरतों पर ख़र्च करने को कौन मना करता है। अपना घर बसा लो, फिर चाहे जिस पर जैसे ख़र्च करो। रोकने नहीं आऊँगी।–तारा कहती।

जब भी ऐसा होता, पता है तारा को कि अब वह पैर पटकती हुई भाग लेगी। रोके से भी नहीं रुकेगी। मुँह फुलाएगी। लड़ाई को तैयार हो जायेगी।

शादी की बात छेड़ते ही सींग निकालकर दौड़ती है। नौकरी के अलावा बाक़ी सब जिम्मेदारियाँ बेकार और मुसीबतों से भरी हैं तो उन्हें क्यों उठायें और फिर लाइफ़ में किसी आदमी की ज़रूरत किसलिए हो। ख़र्चा उठाने के लिए। घुमाने–फिराने के लिए। वह कहती है न अक्सर–अकेली घूमती हूँ। इतना कमाती हूँ कि एक–नहीं दस का ख़र्चा उठा लूँ। फिर सिर पर पति के बोझ को लादने की क्या ज़रूरत। मुझे नहीं चाहिए मि. हसबैंड।

–तो जो इतने लड़के तेरे दोस्त हैं, उनमें से कोई पसन्द नहीं। तेरे लिए क्या कोई नयी काट और ब्रांड का विशेष लड़का भगवान बनाकर भेजेगा।

–अरे स्टुपिड मॉम, जो भी दोस्त होता है, उससे क्या शादी कर लेते हैं। दफ़्तर के काम से पता नहीं किस–किस के साथ, कहाँ–कहाँ जाती हूँ। अभी इटली गयी थी न। पहले और भी इतने देशों में जा चुकी। फिर बचपन से लेकर अभी तक बहुत सारे दोस्त लड़के ही हैं। तो क्या सबके साथ शादी करती फिरूँ।

—भाई तुम लोगों की बातें मेरी समझ में तो आती नहीं। जो दोस्त होता है, उससे शादी क्यों नहीं हो सकती। दोस्त अलग और शादी करने लिए कोई अलग।

—इसीलिए तो कहती हूँ बुढ़िया, योर टाइम इज ओवर। अब इस एज में मुझसे पंगा मत लिया कर। मैं आजकल की सुपरवुमैन। ये मेरी कलाइयाँ देखी हैं। बोल किसके दाँत तोड़ने हैं। फिर वह अपनी मुड़ी हुई कोहनी दिखाकर ख़ुद ही हँसती है देर तक। और ज़ोर से गाती है—मोहब्बत, मोहब्बत, मोहब्बत बस तुमसे है।

फ्रेश होते हुए तारा के दिमाग़ में न जाने कितनी बातें कौंधती रहीं। लड़कियों की ज़िन्दगी कितनी बदल गयी है। वैसे बदली तो अच्छे के लिए ही है। अब पीठ पर किसी गिल्ट का बोझ नहीं लदा है, तारा की जेनरेशन की लड़कियों की तरह। कुछ ग़लत किया हो, न किया हो फिर भी हर एक से डरना। मुँह खोल कर जवाब न दे पाना और ज़िन्दगी भर अफ़सोस मनाना कि उसने ऐसा कैसे कह दिया था। मैं तो ऐसी नहीं थी। ऐसी बदले की आग जो कभी नहीं बुझती।

पता नहीं एक बात सोचो तो उसकी पूरी चेन बनती चली जाती है और एक हद के बाद घबराहट होने लगती है।

तारा जूते पहनकर बाहर निकली। धीरे से दरवाज़ा बन्द करके ताला लगाया। सीढ़ी उतरकर, घूमने लगी। सवेरा हो गया था, मगर आसमान में हलका सा अँधेरा अभी बाक़ी था, मगर अभी इक्का—दुक्का ही कोई दिख रहा था। सन डे को हफ़्ते भर के काम—काज से थकी पूरी दिल्ली जैसे देर तक सोती है और ऐसा लगता है जैसे सड़कों पर कर्फ़्यू लग गया हो। सड़क पर ख़ामोशी पसरी थी। एक स्कूटर तेजी से चला गया था। जिस पर तुम मुझे न चाहो तो कोई बात नहीं... बज रहा था। एक बस भी आवाज़ करती चली गयी थी। स्कूल बस रही होगी। एक लड़का अपना लैपटॉप लेकर जल्दी से सीढ़ियाँ उतरकर भागता हुआ चला गया था। पता नहीं कहाँ जाना है। इतनी सुबह अगर ऑफ़िस जा रहा है, तो शायद ऑफ़िस दूर होगा। बच्चों को जीवन चलाने के लिए रात—दिन कितनी मेहनत करनी पड़ती है।

कब ज़िन्दगी निकल जाती है, पता ही नहीं चलता। तारा की भी तो निकल गयी। यों हर एक की ज़िन्दगी निकलती है। किसकी ठहरती है कभी।

घर लौटी तो अभी तक अन्नू और पति सो ही रहे थे। क्या करे। खाना, नाश्ता बनाने में देर हो तो फिर पूरा दिन इसी में निकल जाता है। कुकर में दाल चढ़ाई। चाय बनने रखी और सब्ज़ी काटने लगी। सवेरे के वक़्त तीन–चार घण्टे किचन में काम कर लो तो पूरे दिन की फुरसत हो जाती है। कई काम तो वह चाय पीते–पीते ही निपटा देती है। हाथ, कान, नाक सब अपने–अपने काम में तेजी से लगे होते हैं। सब्ज़ी को बिना देखे ही पता चल जाता है कि पक गयी। कुकर की सीटियाँ बता देती हैं कि दाल पकने में अभी और कितना वक़्त है।

वह सब्ज़ी छौंकने ही जा रही थी कि सामने अन्नू आ खड़ी हुई–मॉम, चाय। ज़रा बढ़िया बनाना, अदरक, इलायची वाली। थकेली नहीं चाहिए, समझीं क्या।

–मगर तू इतनी जल्दी कैसे उठ गयी?

–नौ बजे मीटिंग में पहुँचना है।

–आज मीटिंग। सनडे को भी छुट्टी नहीं।

सनडे, मनडे, कुछ नहीं। वर्क इज़ वर्क और तुम्हीं तो कहती हो कि इस उम्र में काम नहीं करूँगी तो कब करूँगी।–वह अपने फ़ोन पर तेजी से उँगलियाँ चलाते बोली।

–तो खाना। ले जायेगी।

–खाना नहीं, सिर्फ़ नाश्ता।

–क्या बना दूँ। आलू के पराँठे।

–खट्टी चटनी है तो बना दो। दो पैक भी कर देना। रोहित के लिए ले जाऊँगी। आम का अचार भी रख देना, उसे बहुत पसन्द है। जब भी वापस जाती हूँ, उसे तुम्हारे पराँठे–अचार बहुत अच्छा लगता है। पिछली बार तो सारा अचार अकेला ही खा गया।

अरे, शर्म नहीं आती। तू तो हमेशा खाती रहती है, अगर उसने एक बार खा लिया तो ऐसा क्या हो गया।–तारा ने कहा।

–कर्टसी भी कोई चीज़ होती है। मेरी माँ के हाथ का बनाया खाना और अचार कोई अकेला कैसे खा सकता है।

–अन्नू, इतने छोटे दिल का नहीं होना चाहिए। तू तो हमेशा खाती रहती है, एक बार किसी और ने खा लिया तो परेशान होने की क्या बात है?

–जी नहीं, रहने दो अपना बड़ा दिल। सबके सब उल्लू बनाकर निकल लेते हैं। किसी ने तुम्हें कभी कुछ खिलाया है, जो मैं किसी को कुछ खिलाऊँ।

लेकिन रोहित है कहाँ? वह आया है तो यहाँ क्यों नहीं आया। –तारा ने पूछा।

–वह भी ऑफ़िस की मीटिंग अटेंड करने आया है। यहाँ क्यों आयेगा।

–क्यों का क्या मतलब? बच्चे जैसा ही तो है। तारा ने कहा तो वह बोली–हाँ, तुम्हारी तो दुनिया बच्चा है। मुझे छोड़कर। लाओ एक कप चाय और दो। फिर मुझे नहाना है।

वह नहाकर, नाश्ता कर तैयार होकर चली गयी, इस हिदायत के साथ कि शाम को उसके लिए पूरा कुकर भर कर पनीर, बैंगन का भुर्ता और सादा पराँठे बनाये जायें।

शाम को सब्ज़ियाँ बनाकर तारा इन्तज़ार करती रही कि कब वह लौटे और गरम पराँठा बनाये। लेकिन उसका मैसेज आया कि तुम और पापा खा लो। देर हो जायेगी। यहीं खा लूँगी। तारा को जैसे आग लग गयी। इतनी मेहनत की। बाज़ार जाकर पनीर लाई। शाम से ही खाना पका रही थी और अब यह मैसेज। अपने लिए तो सवेरे का ही इतना कुछ रखा था।

दस बजे वह लौटी। साथ में रोहित भी था।

–यह लड़की हमेशा मुसीबत में डालती है। बता नहीं सकती थी कि वह भी आ रहा है।

तारा चाय–पानी पूछने लगी तो रोहित ने मना कर दिया–आंटी, कुछ नहीं चाहिए। आपसे मिलने आ गया। सवेरे निकलना भी है। इसलिए बस पन्द्रह मिनट में चला जाऊँगा।

–मैं तो सोच रही थी कि रुकोगे।

–नहीं अगली बार। आपके भेजे पराँठे इतने अच्छे लगे कि और कुछ नहीं खाया।

–क्यों, दही खाया तो था। झूठा कहीं का।

अन्नू... तारा ने आँखें दिखायीं तो रोहित और वह दोनों ज़ोर से हँसे।

आदत है इसकी आंटी। कुछ भी बोलती रहती है। –रोहित बोला।

–लेकिन बेटा खाना बना हुआ है। खाकर जाओ न।

लेकिन उसने मना किया। कहा–आंटी अभी भूख नहीं है। आपके भेजे पराँठे देर से खाए थे। मीटिंग ही चार बजे ख़त्म हुई।

नाश हो ऐसे काम का। जहाँ न बच्चों को खाने की फुरसत, न रहने की, न सोने की, जब देखो तब ऑफ़िस और उसका काम।

उसके जाने के बाद तारा ने कहा–तुझे भी कल जाना है, तो दोनों साथ ही चले जाते।

–मुझे किसी चेप के साथ वापस नहीं जाना। अकेली नहीं जा सकती क्या? पूरी दुनिया में अकेली घूमती हूँ। साथ के लिए यही खडूस चाहिए।

एक तरफ़ उसे अपने साथ ले आयी, उसके लिए अचार और पराँठा ले गयी और अब कभी उसे खडूस कह रही है, कभी कुछ और। तुम लोग आख़िर चाहते क्या हो।–तारा ने ग़ुस्से से कहा।

–कुछ नहीं वह आख़िरी बार तुमसे मिलने आया था। आख़िरी बार ही तुम्हारे हाथ के पराँठे खाए हैं।

–क्या मतलब।

–मतलब–वतलब समझी नहीं। हमारा दो महीने पहले ब्रेक अप हो गया। अब हम रिलेशनशिप में नहीं हैं। आज उसी ने तुमसे मिलने की जिद की थी, इसलिए ले आयी, अब कभी नहीं।

–मतलब। ब्रेकअप। किस कारण से।

कारण पर्सनल है।–अन्नू ने कहा, तो तारा को बुरा लगा। अब माँ–बाप से भी बहुत सी बातें पर्सनल कहकर छिपा लेनी चाहिए। इतनी दूरी कैसे पैदा हो गयी। अभी ये हाल तो आगे क्या होगा।

तारा सही समझती है कि वह इस जेनरेशन को बिल्कुल नहीं जानती। उसके और इनके बीच में लम्बी दूरी है, जो बढ़ती ही जा रही है। वह चाहे जितनी तेज़ दौड़े, इन्हें पकड़ना तो दूर इनके पास भी नहीं पहुँच सकती।

नया ज्ञानोदय : **8 अप्रैल 2020**

पीले फूलों वाले दिन

सवेरे–सवेरे। अभी सूरज की किरणों ने बालकनी की खिड़कियों को आकर छुआ तक नहीं था। एक गुरसल खिड़की पर आकर पता नहीं किसे पुकार रही थी। अपने साथी को या हमें। वह भी कंफ्यूज रही होगी। उसकी समझ में नहीं आ रहा होगा कि जिनसे बचते, बचाते, डरते, दिन–रात बीतते थे, वे सबके सब एकाएक कहाँ चले गये। क्या इसे भी कोरोना के बारे में पता होगा। चाय पीते सीमा सोच रही थी कि अरे–उसके मुँह से एकाएक निकला–इतने सारे पीले फूल। अब से पहले भी तो इन दिनों में ये हमेशा खिले ही होंगे। पर कभी ध्यान क्यों नहीं गया। इन्हीं के पास लगे अमलतास के फूलों पर हर साल नज़र पड़ती है, गुलमोहर पर, सदाबहार पर, सेमल, कचनार, मधुमालती और बोटल ब्रश पर। महकते मोगरे और रात की रानी पर। रसोई की खिड़की से झाँकते चम्पा और बेलपत्रों पर। ये भी तो हर साल खिलते होंगे। इसी तरह झूम–झूमकर आवाज़ देते होंगे, मगर ये नज़रों से क्योंकर ओझल रहे, क्या इसी तरह चीज़ें हमारे सामने होते हुए भी नज़रों से ओझल हुई रहती हैं। देखते हुए भी हम उन्हें नहीं देख पाते। सम्बन्धों में भी शायद ऐसा होता हो।

सीमा चाय का प्याला लिए बालकनी तक चली आयी। खिड़की खोलकर देखने लगी। फूलों ने भी जैसे उसे मुसकराकर देखा। वे भी तो इन दिनों आदमियों को देखने को तरस रहे हैं। आसमान पर नज़र गयी तो बालकनी से नज़र आता छोटा टुकड़ा नीली आभा से भरा था। धुएँ और धूल से परेशान, दम घुटते पीले आसमान का

कहीं पता नहीं था। उस पर एक–दूसरे की पूँछ पकड़े बादल के छोटे–छोटे टुकड़े भागे जा रहे थे। वे भी शायद लॉकडाउन के डर से भाग रहे थे। आसमान की ऐसी ही नीली आभा को देखकर शायद राम और श्रीकृष्ण के श्याम वर्णी होने की परिकल्पना की गयी होगी।

अचानक उसे सारे के सारे विदेश पलट अफ़लातूनों की सोसायटी की तरफ़ से कुछ आवाज़ें आती सुनायी दीं। कुछ लोग तेज़–तेज़ समूहों में घूम रहे थे। एक आदमी दूसरे से कह रहा था–अभी बाज़ार भी जाना है। इनके मुँह से हिन्दी। क्या इन्हें ये डर नहीं सता रहा जो मस्ती से घूम रहे हैं। इनमें से किसी एक को भी कुछ हो गया तो पूरी की पूरी सोसाइटी को पुलिस बन्द कर देगी। फिर बजाते रहेंगे ढपली और गाते रहेंगे कोई फिरंगी गाना। जिन्हें सुनकर माँ कहती थी–ऐसा लगता है जैसे बहुत सारे कूतरे इकट्ठे रो रहे हों।

वैसे और कोई वक़्त होता तो सीमा इनसे प्रेरणा लेकर ख़ुद भी घूमने निकल पड़ती। लेकिन महीनाभर होने को है, घर से बाहर ही नहीं निकली। कैसे निकले। कहीं कुछ हो गया तो इस वक़्त कौन है जो आकर हाल–चाल भी पूछ लेगा। वह तो अच्छा है कि पहले ही कुछ घरेलू सामान ले लिया था, मिल्क पाउडर भी ले आयी थी, तो अब कहीं आने–जाने की ज़रूरत नहीं पड़ रही। यूनिवर्सिटी जब खुलेगी, तबकी तब देखी जायेगी। एक तो लॉकडाउन की मुसीबत, ऊपर से सलाह देने वालों की फ़ौज, इसके अलावा अपने–अपने परिवार की गाथा गाते हुए, उसके अकेलेपन की चिन्ता। जिसमें चिन्ता से ज़्यादा मज़ाक़ उड़ाना होता है कि लो और मत करो शादी। और चलो दुनिया की लीक से हटकर। जो समय रहते नहीं चेतते हैं, वे तुम्हारी तरह ही फल भोगते हैं। शादी सीमा ने नहीं की, चिन्ता में दूसरे मरे जाते हैं।

ऐसी बातें सुनकर उसे हँसी आती है। जो औरतें अक्सर अपने घरों में उपजी शिकायतों की पोटली लेकर बैठी रहती हैं, वे अक्सर किसी अकेली स्त्री को देखते ही अपने घर से शिकायत की पोटली को घर रूपी ब्रह्मास्त्र बना धड़ल्ले से उसका प्रयोग करती हैं।

तमाम बातें सोचते हुए सीमा ऐसी होममेकर्स कहलाने वालों पर हँसी। फिर उसे वे औरतें भी याद आयीं जो बिना किसी बात के माई चॉइस और माई लाइफ़, जैसे चाहे जिऊँ के मन्त्र देती रहती हैं। अब कैसे कुछ कहे। एक तरफ़ घर में रहना है और घर में ही रहना है, ऐसे में कैसे अपने मन की करने को दुनिया लाँघती फिरें और कहें कि मैं चाहे ये करूँ चाहे, वो करूँ मेरी मरजी। किसी की परवाह न करें। मैं किसी से नहीं डरती, कहने वालियों को एक ऐसे वायरस ने घर में क़ैद कर दिया है, जिसे कभी किसी ने नहीं देखा है। एक कोरोना क्या आया है कि सबका बैंड बज गया है। न जाने कौन–कौन से विचार–विमर्श, अदाएँ धरती पर लोट रही हैं। कोई उनकी ओर देखने वाला भी नहीं। आख़िर घर की सीमाओं में इन दिनों अपने को ही देखना मुश्किल है, किसी और की तो बात ही क्या है।

खिड़की पर खड़ी देख रही थी। सोच रही थी। चाय का प्याला भी खाली हो गया था। बातें करते वे लोग दूर चले गये थे। तभी उसे अपनी सोसाइटी में दो लड़के और एक औरत घूमती दिखाई दी। क्या ये लोग कुछ दिन नहीं घूमेंगे तो आफत आ जायेगी। इनमें से किसी को भी कुछ हो गया, तो यहाँ भी पूरी की पूरी सोसायटी को ही भुगतना पड़ेगा। तब लोग दूध, सब्ज़ी और दवाएँ लेने भी नहीं जा सकेंगे। किसी मुसीबत में भी दूसरे को पुकार नहीं सकेंगे। हालाँकि अभी भी किसको पुकार सकते हैं। कौन है जो आयेगा। आजकल फेसबुक, टीवी और फ़ोन का ही सहारा है। कल ही पढ़ रही थी, किसी ने लिखा–रामानुजम् ने जब यह देखा कि मुसीबत में कितने रिश्तेदार आते हैं, तभी शून्य की खोज हुई। ऐसी हलकी–फुली बातें ही हैं, जो कुछ मन बहला देती हैं। वरना तो मन है कि डर से हर वक़्त दो–चार हो रहा है, जहाँ किसी को यह नहीं पता कि कल क्या होने वाला है।

इन दिनों सबको अपनी–अपनी ज़िन्दगी की पड़ी है और क्यों न पड़ी हो। जीवन से ज़्यादा क्या, न कोई विचार, न कोई संस्कार, न पैसा, न प्रॉपर्टी, न सपने, न हकीकत। बस सीमा को एक ही तसल्ली है

कि कल उसे कुछ हो भी जाये, तो कोई उसके लिए रोने वाला नहीं है। जो अकेलापन निराश करता है, अकेला करता है, डराता है, वह मज़बूत भी करता है न, सीमा की तरह।

हालाँकि इन दिनों, हर जगह कोरोना के अलावा कुछ सूझ ही नहीं रहा। ऑनलाइन अख़बार खोलो तो वह ख़बर, टीवी देखो तो वही ख़बर। किसी को फ़ोन करो, किसी का फ़ोन आ जाये, तो बस यही बातें। वातावरण में गूँजती डर की आहटें, किसी अनहोनी का सन्नाटा।

चाय का प्याला आकर उसने सिंक में रखा। फिर रसोई में आकर नाश्ते की तैयारी करने लगी। अच्छा है, काम जितनी जल्दी ख़त्म हो जाये। कल तक रो रही थी कि किसी काम के लिए समय नहीं है। आज इतना समय है कि किसी काम में मन नहीं लग रहा। आख़िर जीवन में ऐसा वक़्त कब आया। बड़ी से बड़ी मुसीबत भी आ गयी, तो भी घर से निकलना बन्द नहीं हुआ। न किसी पर इतना शक हुआ कि घर की घण्टी भी बजे तो चिढ़ हो कि ऐसे समय में कौन है। कौन आया है? किसी आ गये को घर के अन्दर तक नहीं घुसने देना है। इतने रूखेपन से वह कब दो–चार हुई। कभी नहीं।

फ़ोन शायद बहुत देर से बज रहा था। बाथरूम में घण्टी सुनायी दे रही थी। आकर देखा तो रोहित का फ़ोन था। इस वक्त। बात करेगी तो आधा घण्टे से पहले पीछा नहीं छोड़ेगा। सीमा को इस वक़्त बहुत से काम हैं। झाड़ू, पोंछा, कपड़े धोना। फ़ोन बजता ही रहा, मगर उसने नहीं उठाया।

काम में लगे उसे कितनी बातें याद आती रहीं। रोहित और वह, एक स्कूल में पढ़ने वाले दिन। फिर बारहवीं तक साथ के दिन। फिर कॉलेज की पढ़ाई अलग–अलग। बाद में वह यू. एस. चला गया और सीमा ने यहीं रहकर पढ़ाई की। करियर अच्छा था, क्लास में कभी किसी से पीछे नहीं रही थी सो, जल्दी ही कॉलेज में लग गयी। उसका सपना भी यही नौकरी ही थी। न इससे कुछ ज़्यादा, न कम। उसके जीवन का ग्राफ बहुत सीधा–सादा। संघर्ष–वंघर्ष आदि की कोई आड़ी–तिरछी रेखाएँ नहीं।

यू. एस. से भी रोहित कई बार बातें करता था। वह भी। नौकरी क्या लगी कि सीमा की शादी की बातें होने लगीं। तब घर वालों को नौकरी के बाद शादी की कितनी जल्दी पड़ी रहती थी।

एक दिन माँ ने दबे सुर में कहा–रोहित इतना अच्छा लड़का है। तुम दोनों सालों से एक–दूसरे को जानते हो, साथ रहे हो। उसके घर वाले भी तुझे पसन्द करते हैं। कहे तो शादी की बात चलाऊँ।

सीमा ने मुँह बनाया–शादी और उस बेवकूफ़ से।

–बेवकूफ़। अपने को क्या ज़्यादा अक्लमन्द समझती है। तेरे लिए क्या लड़का किसी और ग्रह–नक्षत्र से लाएँगे।

–तुम्हें तो अपने बच्चे छोड़कर दूसरों के बच्चे ही अच्छे लगते हैं हमेशा। उसको बेवकूफ़ कह दिया तो समझदार बताने पर अभी लग जाओगी।

कैसे?–मां ने पूछा।

कैसे क्या, मैं और आशीष कुछ भी अच्छा कर लें, रिकॉर्ड बना लें, तब भी तुम उसमें कोई न कोई खोट निकाल ही दोगी। वैसे भी मुझे अमरीका–फमरीका कहीं नहीं जाना है। वहाँ जाऊँ और रात–दिन तुम लोगों की चिन्ता में मरी जाऊँ।

हमारी चिन्ता के बजाय ख़ुद की चिन्ता कर लो, अपने आप हमारी चिन्ता भी हो जायेगी।–मां ने कहा तो सीमा बोली–आगे से बस ये सब बातें करने की ज़रूरत नहीं। जब देखो ब्याह, जब देखो शादी। क्या रखा है शादी में। तुमने शादी की क्या मिला। अगर मैं शादी न भी करूँ तो क्या इस धरती पर प्रलय हो जायेगी।

–मुझे शादी से तुम लोग मिले न।

–हाँ, तभी तो इस उम्र तक हमें पाल रही हो।

सीमा की बात सुनकर माँ क्रोध से भर उठी। मगर इतना ही बोली–जाको प्रभु दारुण दुख देहीं, ताकी मति पहले हर लैहीं।

क्या मतलब।–सीमा ने भी अपने मिजाज के विरुद्ध कर्कश आवाज़ में पूछा।

मतलब क्या अपने पाँव में कुल्हाड़ी मारना भी इसी को कहते हैं। अच्छा खासा लड़का घर बैठे मिल रहा है, मगर हमारी महारानी के तो नखरे ही नहीं मिलते। अपनी तक़दीर में लात मारना तो कोई तुझसे सीखे।—माँ गुर्राई।

तक़दीर अगर इतनी कमज़ोर है कि लात के डर से भागती है, तो भागने ही दो।—कहती हुई सीमा वहाँ से आँगन में चली गयी। और नीम के पेड़ पर छोटे—छोटे सितारों जैसे लगे सफ़ेद फूलों को देखने लगी। इस मौसम में नीम पर कितने फूल आते हैं। इतने सफ़ेद सितारे, जैसे आसमान ने उन्हें इसे गिफ़्ट कर दिया हो। माँ से दूर हटकर आयी ही इसलिए थी कि उसे लगा कि अब बस। माँ से ज़्यादा बहस करने का कोई मतलब नहीं। उनका पारा चढ़ता जायेगा, चढ़ता जायेगा और पूरे घर को अपने ताप में ले लेगा। हफ़्ते लग जायेंगे, सबका मूड ठीक होने में।

यह रोहित भी जब देखो, तब बीच में आ जाता है। अब घर में झगड़ा भी कराने लगा।—उस समय सीमा ने सोचा था। उसकी सहेलियों से लेकर अड़ोस—पड़ोस के लोग तक समझते थे कि उसका रोहित से कोई न कोई चक्कर तो ज़रूर है। और जब से वह अमेरिका गया है, तब से तो सब इशारों—इशारों में कहते कि क्या ख़ूब हाथ मारा है, सोने की मुर्गी पकड़ी है। रोहित अमेरिका से वापस तो आयेगा नहीं, वहाँ जाकर भी कोई वापस आता है। ऐसे में वह अमेरिका में रहकर राज करेगी, राज़रानियों की तरह पलंग से पाँव नीचे नहीं उतारेगी।

लेकिन न जाने क्यों रोहित ने अमेरिका में रहना पसन्द नहीं किया था। अपनी पढ़ाई पूरी करके वह लौट आया था और एक बड़ी मल्टीनेशनल कम्पनी में काम करने लगा था। तब कहीं सीमा ने महसूस किया था कि अमेरिका में रहने वाले रोहित की लोगों की नज़रों में जो इज़्ज़त थी, वह कुछ कम हो गयी है। आख़िर अमेरिका से भी कोई लौटता है। कोई घर आयी लक्ष्मी का क्या ऐसे निरादर करता है।

ज़रूर कोई न कोई बात हुई होगी। क्या पता क्या गुल खिलाकर आया है, जो हाथ–पाँव समेटकर भागना पड़ा है।

लेकिन रोहित को आया देख, घर वालों की तो जैसे लाटरी लग गयी। बार–बार नये सिरे से कहने लगे कि तू अमेरिका नहीं जाना चाहती थी, ले देख, वह यहीं लौट आया। हो सकता है, तेरे लिए ही लौटा हो और कितना तंग करेगी उसे। किसी के सीधेपन का इतना फ़ायदा भी नहीं उठाना चाहिए। तुम दोनों अच्छी नौकरियाँ करते हो। घर–परिवार भी एक जैसे हैं। जाति भी हमारी एक है। आख़िर प्रॉब्लम क्या है। तू मना क्यों करती है।

ये जाति कहाँ से बीच में आ गयी। अगर कोई अपनी जाति का न हो और मुझे पसन्द आ जाये, तो क्या इसलिए छोड़ दूँगी। मुझे जाति–वाति से कुछ लेना नहीं है और ये रोहित की रामायण रोज़ लेकर क्यों बैठ जाते हो। आज सुनो, कल सुनो, परसों, सालभर बाद या पचास साल बाद, अभी मैं जब शादी ही नहीं करना चाहती तो रोहित हो या कोई और, नहीं करनी है। बात ख़त्म। क्यों पीछे पड़े हो।

ठीक है, तेरी अब तू जान। हमसे बाद में मत कहना कि मेरा क्या है, मैं तो यों ही कहती थी, तुम लोगों ने ही मेरी शादी के बारे में नहीं सोचा। तुम लोगों को घर वालों को दोष देने में भी दो मिनट लगते हैं। आजकल की लड़कियों का कोई भरोसा नहीं, न उलटी ली जायें, न सीधी। माँ ने कुपित होते हुए कहा था–दुनिया को जवाब तो मुझे देना पड़ता है।

देती रहो तुम दुनिया को जवाब और कोई सुन नहीं पा रहा है तो बता दो। लाउडस्पीकर लगवा देती हूँ।–पैर पटकती हुई सीमा चली गयी थी। लेकिन एक सवाल वाकई उसे मथ रहा था कि रोहित सब कुछ छोड़–छाड़कर लौटा क्यों? क्या दिक्कत थी उसे वहाँ। अच्छा–खासा पैकेज भी था। उसकी उम्र के लड़के–लड़कियाँ तो सचमुच तैयार बैठे रहते हैं कि कब मौका मिले और अमेरिका फुर्र हो लें।

एक दिन जब बहुत अरसे बाद रोहित और उसने साथ कॉफ़ी पीने का प्लान किया था। तो सीमा ने बातों ही बातों में रोहित से पूछा था–तू लौट क्यों आया?

वह बोला–क्यों, तुझे अच्छा नहीं लगा?

–मुझे अच्छे लगने से क्या है। न तू मुझसे पूछकर गया था, न पूछकर वापस आया है।

–हाँ, यही समझ ले। पूछ लिया होता तो शायद जाता ही नहीं। मन नहीं लगा वहाँ बस।

घर लौटते हुए सीमा को रोहित की कही गयी बात की पहेली समझ में नहीं आयी, अगर वह मना करती तो क्या जाता नहीं। लेकिन सवाल तो यही है कि वह मना क्यों करती। रोहित के जाने, न जाने से भला उसे क्या फ़र्क़ पड़ता। सिवाय इसके कि एक मित्र दूर चला गया। लेकिन मेल, मैसेज सबकी तो सुविधा थी। कभी भी फ़ोन पर बात हो सकती थी। मामा की तरह तो था नहीं कि चालीस साल पहले मामा आस्ट्रेलिया चले गये थे, तब महीने दो महीने में कभी उनकी चिट्ठी आती थी और कहते हैं कि नानी उनकी याद में रो–रोकर अन्धी हो गयी थीं। मोबाइल होता तो शायद नानी की आँखें बची रहतीं।

घर के काम करते कब चार बज गये, सीमा को पता ही नहीं चला। वैसे अच्छा भी है। अब तक तो कभी इस बात के बार में सोचा ही नहीं कि काम वाली के बिना भी काम हो सकते हैं और यह भी कि बिना घर से बाहर जाये भी चैन से दिन गुजारे जा सकते हैं। हाँ, लॉकडाउन के कारण उसके सवेरे–शाम का घूमना रह गया है। लेकिन उसकी भरपाई सीमा ने सवेरे योग, प्राणायाम और एक्सरसाइज़ से कर ली है। फिर घर का हर काम चाहे झाड़ू, पोंछा, बरतन, कपड़े धोना, डस्टिंग से भी तो एक्सरसाइज़ और कैलोरी बर्न हो रही है।

बल्कि उसने एक मैसेज को अपने सामने चिपका रखा है और उसे देखकर ख़ूब हँसती है–ना सनडे बीतने की चिन्ता,

न मनडे आने का डर, ना पैसे कमाने का मोह, ना ख़र्च करने की ख़्वाहिश, ना घूमने जाने की ख़ुशी, ना सोने–चाँदी का मोह, ना पैसे का मोह, ना नये कपड़े पहनने का एक्साइटमेंट, ना अच्छे से तैयार होने की चिन्ता। यह लिखकर किसी ने फेसबुक पर पूछा था कि क्या यही सतयुग है। इसी का प्रिंट निकालकर सीमा ने लगा लिया है।

सतयुग हो या कलयुग, सीमा को इससे क्या। वैसे भी जो ज्ञान यहाँ बघारा जा रहा है, लॉकडाउन खुलते ही सब हवा हो जायेगा। तब सतयुग, कलयुग के मुकाबले लोग नौकरी बची रहने और तनख़्वाह मिलने की चिन्ता में दौड़ेंगे। हालाँकि सीमा की टीचरी कहीं नहीं जायेगी, मगर बाकियों का क्या होगा? माँ होती तो उसकी इस चिन्ता का मज़ाक़ उड़ाती–काजी जी क्यों लटे सहर के अन्देसे से।

काम–काज करते, टीवी देखते, पाँच बज गये तो उसे याद आया कि अरे, रोहित से बात नहीं की। भूल ही गयी कि उसका फ़ोन आया था। सोच रहा होगा कि ज़्यादा भाव खा रही हूँ।

उसका नम्बर मिलाया तो आउट ऑफ़ रीच जा रहा था। कभी कहता कि स्विच्ड आफ़ है। समझ में नहीं आ रहा था कि क्यों फ़ोन नहीं मिल रहा है। थोड़ी देर में बात करेगी, सोचती हुई किचन में गयी तो फ़ोन की घण्टी बजने लगी। ज़रूर रोहित का होगा। उसी का था।

–हाँ, बोल।

–सवेरे कहाँ थी?

–बस काम में लगी थी। सोचा था कि तुझसे बात करूँगी। अब फ़ोन कर रही थी तो मिल नहीं रहा था।

–सवेरे के फोन का जवाब तू शाम को देती है। कोई इमरजेंसी हो तो जब तक तू फ़ोन करेगी, तब तक तो आदमी मर ही जायेगा।

भई कोरोना और लॉकडाउन जैसी आज की इमर्जेंसी से ज़्यादा और क्या होगा। और मुश्किल तो यह है कि अपने किसी को यह इंफेक्शन हो जाये तो उसके पास भी नहीं जा सकते। ख़ैर, तू बता न क्या बात है?

कुछ नहीं, पता नहीं, अपनी नौकरी रहेगी कि नहीं। –उसकी घबराहट को महसूस किया सीमा ने।

–अरे क्यों?

–मेरे बॉस ने छोड़ दिया। वह नीदरलैंड्स वापस चला जायेगा। कह रहा था कि अब दुनिया और नौकरी–फौकरी से मन भर गया। साला हरामी, ख़ुद के पास तो वहाँ बहुत कुछ है, विला है, याट है, डायमंडस हैं, फलों के बगीचे हैं, फिर भी यहाँ आकर नौकरी कर रहा था। हम जैसे क्या करेंगे।

–मगर तुझे उसके जाने से क्या फ़र्क़ पड़ेगा। एक आदमी के चले जाने से कम्पनी बन्द थोड़े ही हो जाती है।

कम्पनी तो पहले ही लोगों को निकालने के बहाने तलाश रही थी। लॉकडाउन ने तो कम्पनी की क़िस्मत खोल दी है, अब यह भी जा रहा है। इसके साथ ईक्वेशन ठीक–ठाक थी। पता नहीं कल कौन नया आये, किसको लाये, किसको निकाले। वैसे ही जॉब मार्केट की बैंड बजी हुई है, इन दिनों।

–अरे तो जो नया आयेगा, वह सबसे पहले तुझे ही निकालेगा, यह कैसे मान लिया।

अरे, सबने फैला रखा है न कि मैं इस साले का राइट हैंड हूँ, जबकि मैं न कभी इसके घर गया। न कभी साथ घूमने, यहाँ तक कि पिक्चर देखने भी नहीं। न कोई हँसी–मज़ाक़ का रिश्ता है। न ही कभी ऐसा हुआ कि दूसरों को जो इंक्रीमेंट मिला है, उससे मुझे कुछ ज़्यादा मिल गया हो। हाँ, अपने अलावा इसके हिस्से का भी सारा काम कर देता हूँ, ट्रस्ट भी करता है, तो जो नया आयेगा सबसे पहले उसके कानों में यही बातें तो भरी जायेंगी। बदला निकालने का इससे अच्छा मौका कौन सा होगा।

–आने वाले को तेरे काम से मतलब होगा, या कि दूसरों की चुगली और कान भराई से।

कितनी भोली है डार्लिंग। ये तेरी वाली मास्टरी नहीं कि एक बार नौकरी मिल गयी तो ज़िन्दगीभर के लिए हो गयी। यहाँ तो नौकरी मिलने से पहले उसकी जाने की चिन्ता करनी पड़ती है।

काम–वाम सब बाद में आते हैं। इस आदमी के लिए मैंने रात–दिन एक कर दिया और आज इस कुत्ते ने मुझे यह बदला दिया है।

–लेकिन वह अपने घर ही तो वापस जा रहा है। तू भी तो लौटा था न अमेरिका से।

तू उसकी दोस्त है या मेरी। उससे ज़्यादा सिंपैथी हो रही है, तो उसी के साथ जाकर मर।–रोहित गुस्से से बोला।

–जुबान सँभालकर बोल रोहित। मैं उसके साथ जाकर क्या मरूँगी, मैं तो तेरे साथ जाकर ही नहीं मरी। उसे तो जानती भी नहीं।

उसने बात का जवाब दिये बिना कहा–मैं तुझसे जेलस फील कर रहा हूँ। कुछ भी हो जाये, आँधी, तूफान, भूकम्प, सुनामी, कोरोना, तुम लोगों की नौकरी पर कभी कोई आँच नहीं आती।

इसी को शायद पाप–पुण्य कहते हैं। तूने पिछले जन्म में बहुत से पाप किये होंगे और मैंने पुण्य।–कहकर सीमा ख़ूब हँसी।

हाँ, तेरे ही पुण्यों से धरती दबी जा रही थी कि कोरोना आ पहुँचा।–रोहित बोला। फिर आगे कहा–सच कह रहा हूँ, जब से इस साले की जाने की बात सुनी है न, मन पता है क्या कर रहा है कि होती अगर एक पिस्तौल तो सारा इसका जाना भुला देता।

–वाह–वाह। चाहे हम कितना भी पढ़–लिख लें, लेकिन हमारे बेसिक्स नहीं बदलते। अमेरिका जाकर भी रहा तू गुन्नू भाई का गुन्नू भाई ही।

गुन्नू भाई ये कौन है?–उसने पूछा।

ले उन्हें भी भूल गया। याद नहीं तुझे अपनी गली के कोने पर रहने वाले गुन्नू भाई। जो हर बात पर चाहे किसी ने कम सब्ज़ी तौली हो, दूध वाले ने दूध में पानी मिलाया हो, कोई उन्हें चलते–फिरते देखकर हँसा हो, तो अपनी भुजाएँ फड़फड़ाते हुए एक ही धमकी देते थे कि साले बीच में से फाड़कर दो टुकड़े कर दूँगा। हालाँकि कभी ऐसा हुआ नहीं था। आशीष कहता था कि गुन्नू भाई ने आज तक एक मक्खी भी नहीं मारी है और दिखाते ऐसे हैं, जैसे कि कहीं के गामा पहलवान हैं। वैसे ही तू अपने बॉस को पिस्तौल से उड़ाने की

धमकी दे रहा है। तो बता तेरा नाम क्या रखा जाए–रुन्नू भाई, कुन्नू भाई या कुछ और।

–तू तो मेरा नाम क्या रखेगी मैं तेरा रख देता हूँ–सीमा देवी खड़खड़िया।

सीमा देर तक हँसती रही। चल नये नामकरण के लिए थैंक्यू सो, सो...सो मच।

–इतना लम्बा सो कहेगी तो फ़ोन पकड़े ही सो जाऊँगा। कुत्ती कहीं की।

बात ख़त्म हो गयी तो सीमा को चिन्ता हुई। क्या सचमुच रोहित की नौकरी चली जायेगी। मन्दी के इन दिनों में दूसरी कैसे मिलेगी? क्या करेगा? वैसे भी बड़ा इमोशनल काइंड है, कहीं पंखे से न लटक ले। घबराहट होने लगी। अब क्या करे। किससे कहे। उसे सिर के ऊपर घूमते पंखे में लटका हुआ रोहित भी घूमता दिखाई देने लगा।

सीमा को अपनी तो ज़्यादा चिन्ता नहीं। कोई ज़िम्मेदारी नहीं। मोटी तनख़्वाह। जिनकी थोड़ी–बहुत ज़िम्मेदारी हो सकती थी, न रहीं वह अम्मा, न बाऊ जी। उनके जाते ही भाई आशीष ने भी ऐसा मुँह मोड़ा कि कभी दिखाई ही नहीं दिया, मगर रोहित ने तो शादी भी की है। उसका एक बच्चा भी है। उसकी माँ भी साथ रहती हैं। नौकरी चली गयी तो। उसकी वाइफ वर्किंग भी तो नहीं है कि एक नौकरी चली भी जाये, तो कम से कम एक सेलरी तो घर में आती रहे। ऊपर से सीमा को देखकर उसकी बीवी की तिरछी होतीं आँखें, जैसे शक का कोई साँप लगातार फन उठाता रहता है। इसीलिए सीमा अब रोहित से बहुत कम मिलती है। क्यों मिले? इस उम्र में भी मिले रोहित से और सफ़ाई उसकी बीवी को दे।

लेकिन उसकी बीवी से नाराज़गी का यह मतलब तो नहीं कि रोहित के बारे में बिल्कुल न सोचे। कोरोना का यह दौर, किसी से कुछ कह भी तो नहीं सकते। मदद भी माँगे तो कैसे, सब अपनी–अपनी परेशानियों में फँसे हैं। जितनी परेशानियाँ हैं, उन्हें शहीदी का भाव लिए बढ़ा–चढ़ाकर बता भी रहे हैं।

अब सीमा को भी रोहित के बॉस पर ग़ुस्सा आने लगा। उसे भी इसी दौरान छोड़कर जाने की पड़ी थी। हरामखोर कहीं का। इन बॉसेज का यही होता है। जान लगा दो, लेकिन कब धोखा देंगे कुछ पता नहीं चलता। हाँ, सामने की मिठास में कभी कोई कमी नहीं आती। इसीलिए जब कोई बॉस धकियाया जाता है, तो उसके जूनियर्स के मन की मुराद पूरी हो जाती है। उन्हें लगता है कि उनके साथ जो कुछ किया गया था, उसका हिसाब हो गया। हालाँकि जब वे ये सोच रहे होते हैं, बिल्कुल उसी समय, कोई नया बॉस ऐन दरवाज़े पर दस्तक दे रहा होता है। पहले से भी बुरा।

रात को सोने से पहले जब सीमा फेसबुक देख रही थी, तो रोहित की वाल पर नज़र पड़ी। वह अपने बॉस के साथ पार्टी कर रहा था और बहुत ख़ुश दिखाई दे रहा था। इन दिनों में पार्टी करने कैसे पहुँचा होगा। बाहर कैसे निकला होगा। पुलिस ने पकड़ा नहीं। क्या पता पुरानी फ़ोटो हो। लेकिन उसने तो पोस्ट में लिखा था—आज की तसवीरें। आयी लव माई बॉस। तो बॉस से जो उसकी नाराजगी थी, उसका क्या हुआ या कि मिडल क्लास की सामने तारीफ़ और पीठ पीछे बुराई की आदत का एक्सपेरीमेंट रोहित ने उस पर किया था। ओफ़ ये दिन। कोरोना और लॉकडाउन से भी पहले के दिन, जहाँ तारीफ़ तो सच है ही नहीं, निन्दा भी सच नहीं है। किस पर भरोसा करे।

मातृभारती : **10 अप्रैल 2020**

ड्रीम मैन

रिया ने हाथ बढ़ाया और यह देखे बिना ही कि कौन है, फ़ोन पर हलो बोला। उधर से शालीन बोली–अबे, अभी तक उठी नहीं।

–हाँ, सोचा था कि दस बजे उठूँगी लेकिन तू सोने दे तब न। उठा दिया। कोई काम–धाम नहीं है तेरे पास।

–तो सो जा फिर से।

–अरे नहीं, एक बार जगने के बाद नींद नहीं आती।

––अंशु भी सो रहा है अभी तक।

–हो सकता है।

–हो सकने का मतलब।

–वह है कहाँ यहाँ, वह तो गोवा में है।

–अच्छा तभी...

--अच्छा तभी का क्या मतलब।

--कुछ नहीं, कुछ नहीं, इतनी देर तक तू इसीलिए सोना चाहती थी।

अरे, अंशु होता तो और देर तक सोती। वह ख़ुद सब कर आयेगा। दूध, सब्ज़ी, ले आयेगा, मेड से काम करवा लेगा, चाय पी लेगा, नहा लेगा, कई बार तो तब तक भी मैं सोती ही रहती हूँ।–रिया ने कुछ इतराकर कहा। उसे अपना ही सुर बदला सा लगा। कुछ मन में यह भी था कि शालीन को जलाये। उसे पता है, शालीन और उसका हसबैंड हमेशा लड़ते रहते हैं और दो–दो महीने एक–दूसरे से अलग रहते हैं, मिलना तो दूर, फ़ोन तक नहीं करते हैं।

दोनों एक–दूसरे की इतनी बुराइयाँ करते हैं कि लगता है कि इन दोनों से बुरा इस असार संसार में और कोई है ही नहीं। हर बार लोग सोचते हैं कि इस बार तो ये अलग होकर ही रहेंगे, मगर फिर एक–साथ रहने लगते हैं। अब तो जैसे ही ये अपनी लड़ाई शुरू होने के बारे में बताते हैं, दोस्त और परिचित इनका फ़ोन उठाना बन्द कर देते हैं। कहने लगते हैं, यार बोर मत करो। आख़िर ऐसा कब तक होगा कि जब एक–दूसरे की निन्दा करें, तो दूसरों से भी निन्दा सुनना चाहें और जब तारीफ़ के पुल बाँधें, तो दूसरे भी तारीफ़ करें।

शालीन ने रिया से कहा कि वह शाम को उसके घर आ जाये। कुछ दोस्तों को बुलाया है। घर में अंशु नहीं है, तो वह अकेली करेगी भी क्या। कुछ गपशप, कुछ मौज–मजे, ड्रिंक्स। नाच--गाना।

लेकिन रिया ने कहा कि शाम को उसे अपनी मम्मी से मिलने जाना है। झूठ बोला था। मम्मी तो रात को ही यू. एस. भाई के पास चली गयीं। वह मम्मी को आसमान में उड़ती एक चिड़िया की तरह देखने लगी। माँएँ आसमान में उड़ने लगें तो बच्चे कितने चकित होते हैं। रिया भी हो रही है। शालीन को यह बात पता नहीं। आजकल रिया हर एक बात दूसरों से शेयर नहीं करती। ऐसा करते ही फेसबुक और व्हाट्सएप की कूड़ा गाड़ियाँ दौड़ने लगती हैं और सब कुछ टॉक ऑफ़ द वर्ल्ड बन जाता है।

फ़ोन कटने के बाद रिया थोड़ी देर और बिस्तर में पड़ी रही। मैसेज चेक करती रही। फिर जब मेड ने घण्टी बजायी तो उठी। दरवाज़ा खोलते ही ठण्डी हवा का झोंका माथे पर तीर की तरह लगा। काम वाली अकेली नहीं आयी थी। उसके पीछे काली बिल्ली भी खड़ी थी। उसने कहा–जल्दी अन्दर आओ, वरना यह भी जायेगी। और सीधी किचन में घुसेगी।

–क्या करूँ जैसे ही देखती है, पीछे–पीछे चली आती है।

–तू भी तो इसे बिना खिलाये–पिलाये मानती नहीं।

–भूख से रोती है, तो अच्छा नहीं लगता।

चल दे दे थोड़ा सा दूध।–रिया को भी दया आ जाती है, अक्सर इस बिल्ली पर। मम्मी कहती हैं, इनका तो न कोई माई, न बाप। किसके सहारे रहें।

रिया ने मेड से चाय बनाने को कहा और ख़ुद बाथरूम चली गयी। लौटी तो चाय रखी थी। डब्बे से दो बिस्कुट ख़ुद ले, दो उसे दिये फिर ऑन लाइन अख़बार पढ़ने लगी। लेकिन अख़बार में मन नहीं लगा तो पुराने गाने सुनने लगी–तुम्हें याद होगा कभी हम मिले थे। फिर ख़ुद ही हँस पड़ी। कब मिले थे, कुछ याद है। कहाँ मिले थे। रिया आँख बन्द करके सोचने लगी, रेहाना के घर। वहीं तो अंशु से मुलाक़ात हुई थी। लम्बाई के कारण दूर से दिखता गोरा–चिट्टा, बड़ी–बड़ी आँखों वाला अंशु। कुछ शर्मीला सा।

फिर दूसरी मुलाक़ात तब हुई जब एक दिन रिया ड्राइव करती जा रही थी। तभी उसे रास्ते में अंशु जाता दिखाई दिया। उसने लेफ्ट करके गाड़ी रोक दी थी और जब अंशु पास आया तो हॉर्न बजाया। खिड़की का शीशा खोलकर पूछा था और सुनकर कहा था–आइए, मैं उधर ही जा रही हूँ। छोड़ दूँगी।

जब अंशु उतरने को था, तो रिया को लगा कि वह अभी क्यों जा रहा है। उसने कहा–अगर जल्दी न हो तो एक–एक आइसक्रीम खाएँ। पहले तो उसने कहा कि जल्दी है, लेकिन फिर मान भी गया। अंशु को वह नहीं जानती थी। विशाल उसका और अंशु का कॉमन फ्रेंड था। उस दिन विशाल ने ही आग्रह किया था। फिर शालीन भी पीछे पड़ी थी। वहाँ न गयी होती तो अंशु से कैसे मिलती।

रिया यादों के घेरे से बाहर आयी, फ़ोन उठाया। देखते ही बोली--खड़ूस, हज़ार साल का होकर मरेगा। अभी तेरे बारे में सोचा और तेरा फ़ोन आ धमका।

उधर से विशाल ने पूछा–तू यहाँ क्या कर रही है? गोवा नहीं गयी?

--गोवा, तुझे कैसे मालूम?

–अरे अंशु का फेसबुक पोस्ट देख रहा था। मज़े कर रहा है बीच पर।

–तो करने दे।

–इसीलिए तो कह रहा था कि तू जाती, तो तू भी मज़े करती।

–मुझे नहीं जाना। इतनी बार तो जा चुकी।

बात ख़त्म हो जाने के बाद रिया ने भी अंशु का फेसबुक अकाउंट खोला। वह मीरा मार बीच पर खड़ा होकर नारियल पानी पी रहा था। बेचारा ऐसी क्या मौज कर रहा है।

नहाकर आई, तो मेड का काम ख़त्म हो गया था। उसने शाम तक का खाना बना दिया था। बरतन, सफ़ाई, झाड़ू, पोंछा करके वह जाने लगी तो बोली–मैम, पाँच सौ रुपये चाहिए।

–अरे महीना ख़त्म होने को आया, तभी लेना।

–ज़रूरत है।

अब मेरे पास भी नहीं, तुझे तो पता है महीने का आख़िर है और साहब भी बाहर गये हैं। जो भी थोड़े–बहुत पैसे घर में थे, उन्हें दे दिये।–साफ़ झूठ बोला था, रिया ने। पहली मेड हर रोज़ पैसे माँगती थी। जब वह एकाएक छोड़ गयी, तब रिया के उस पर दो हज़ार रुपये निकलते थे। तब से उसने गाँठ बाँध ली कि कोई पैसा एडवांस नहीं देगी। क्या पता उसे ज़रूरत भी हो, लेकिन कब तक ख़ुद धोखा खाकर दूसरों की ज़रूरत पूरी करे।

थोड़ी देर तक बालकनी में बैठी रही। पार्क में बच्चे खेल रहे थे। ढेर से फूल खिले थे। दो तोते इधर–उधर उड़ रहे थे। रिया ने सोचा कि जाकर बाज़ार से ख़रीददारी ही कर ले। जब से ऑन लाइन सामान मँगाना शुरू किया था, तब से बाज़ार की तरफ़ जाना ही बन्द हो गया था, इसलिए बाज़ार के बारे में कुछ पता नहीं चलता था। बाज़ार की हलचल, तरह–तरह का सामान, मोल–भाव, चहल–पहल, रिया को बहुत अच्छी लगती थी। हमेशा कोई नयी बात जो दिखाई देती थी।

बाज़ार में इधर–उधर घूमते, उसे एक बेकरी दिखाई दी। यह हुई न नयी बात। सब्ज़ी–भाजी ख़रीदकर लौटी तो दो बज रहे थे। खाना गरम करके खाया। फिर सोचा कि सवेरे की नींद पूरी कर लेती है।

लेकिन उससे पहले अंशु को फ़ोन करना ज़रूरी लगा। लेकिन उसका फ़ोन स्विच्ड ऑफ़ आ रहा था। दोबारा भी नहीं लगा। कोई बात नहीं मिस्ड कॉल देखेगा, तो कर लेगा।

सोकर उठी तो पाँच बज रहे थे। लेकिन अंशु का काल क्यों नहीं आया। उसे चिन्ता हुई। शाम के तिरते अँधेरे कमरे में घुसे चले आ रहे थे। आख़िर अंशु को क्या हुआ है? ऐसा कभी होता तो नहीं। कहीं कुछ ऐसा–वैसा न हो गया हो। दिल तेजी से धड़कने लगा, कुछ नहीं सूझा, तो शालीन को फ़ोन मिलाया। वह चहकती हुई बोली–आ रही है शाम को।

–नहीं, पता नहीं अंशु को क्या हुआ है। फ़ोन नहीं उठा रहा।

–अब वह फ़ोन क्यों उठेगा?

–क्या मतलब। अब का।

अचानक शालीन हिचकिचाई–कुछ नहीं, कुछ नहीं, मतलब गोवा में मजे करे कि तेरा फ़ोन उठाए।

–नहीं, अंशु ऐसा नहीं करता। ज़रूर कोई बात है।

उधर, देर तक ख़ामोशी पसरी रही।

–तू बोलती क्यों नहीं।

–क्या बोलूँ। तू यहाँ आ जा।

शालीन को लगा, उससे कुछ छिपाया जा रहा है। ऐसा क्या है, जो उसे न शालीन बताना चाहती है, न अंशु। वह फ़ौरन बाहर निकली और तूफ़ानी गति से कार चलाती शालीन के घर पहुँची।

शालीन पार्टी की तैयारी में बिजी थी।

जाते ही रिया ने कहा–बता तू क्या कह रही थी। कौन सी ऐसी बात है, जो तू मुझे नहीं बता रही। शालीन बिना उसकी बात का जवाब दिये प्लेटें और गिलास पोंछती रही। उसकी घड़ी ने टाइम बताया और देर तक उसमें मुर्गा कुड़कुड़ाता रहा।

जब रिया ने फिर पूछा तो शालीन झल्लाकर बोली–तू तो बस पीछे ही पड़ गयी।

—बता न ऐसी क्या बात है, अंशु फ़ोन नहीं कर रहा। न मेरा फ़ोन उठा रहा है। मेरा जी घबरा रहा है। कहीं उसे कुछ हो तो नहीं गया।

शालीन ने टीवी धीमे किया और बोली—जो बात हम सबको मालूम है, वह तुझे नहीं मालूम।

—नहीं।

उसने थोड़ी देर तक रिया को घूरा फिर मोबाइल ऑन करके एक फ़ोटो दिखाया। उसे देखकर रिया का सिर चकराने लगा। बोली—यह कौन है?

—यही तो है, जिसके साथ अंशु गोवा में घूम रहा है और तू उसका नाम जप रही है।

—क्या नाम है?

—रीना मुखर्जी।

—वही जो औरतों के लिए काम करने वाला एक बड़ा एन. जी. ओ. चलाती है।

—हाँ।

—वैसे इतनी बड़ी फेमिनिस्ट बनती है। दूसरे के हसबैंड के साथ जाने में शर्म नहीं आयी।

—क्यों आये, तू बुरा मत मानना, एक बात कहूँ।

—कुछ भी बोल। मुझे तो यकीन नहीं आ रहा।

—यकीन की क्या बात है, जब अंशु रेहाना के साथ चार साल की शादी तोड़कर तेरे साथ आ सकता है, तो रीना के साथ क्यों नहीं जा सकता।

—आख़िर आदमी कहीं तो रुकता है।

—क्यों रुके, जब एक बार उसे पता चल गया कि रेहाना के बाद तू और तेरे बाद रीना। हो सकता है, उसके बाद कोई और।

आँसू फूट पड़े रिया के। अंशु उससे झूठ भी बोल सकता है। उसकी अच्छी-भली शादी तय हुई थी, मगर उसे अंशु ही अपना ड्रीम मैन लगा था। क्या हुआ जो शादीशुदा था। अब वह किसी और का ड्रीम मैन बन गया।

पिछले दिनों की कितनी बातें उसे याद आने लगीं। अक्सर वह सनडेज़ को भी ऑफ़िस के काम के बहाने घर से बाहर चला जाता था। वह पूरे दिन उसका इन्तज़ार करती रहती थी और वह गये रात लौटता था। अक्सर बाहर खाकर आता था और घर आकर सारी बोलता था कि उसे बताना याद नहीं रहा। ऑफ़िस ने ही डिनर का इन्तज़ाम किया था। वह फिर आने वाले हफ़्ते के बारे में सोचती थी। क्योंकि ऑफ़िस से छुट्टी तो हफ़्ते में उसकी भी एक ही दिन होती थी। और वह रीना, औरतों के बारे में इतनी ऊँची–ऊँची हाँकना। और मौका मिलते ही दूसरे के हसबैंड को हड़पना।

उसने शालीन से पूछा–तुम्हें कब से पता था इस बारे में?

–बहुत दिनों से। कई बार अंशु इसके साथ थियेटर से बाहर आता मिला था। कई बार मॉल के बाहर तो कभी किसी कॉफ़ी शॉप में। हमें देखकर ऐसे दिखाता था, जैसे पहचानता ही न हो।

–कैसे दोस्त हो। न विशाल ने बताया। न तूने, न किसी और ने।

–क्या बताते। तू मानती कभी।

–क्यों नहीं मानती।

–तुझे लगता कि हम सब रेहाना के दोस्त हैं, तो उसकी साइड लेकर झूठ बोल रहे होंगे और अंशु की इमेज़ ख़राब कर रहे होंगे। पहले भी तो तू ऐसा कह ही चुकी है।

अंशु का फ़ोन आ रहा था, मगर रिया ने उठाया नहीं।

शालीन ने कहा–उठा तो सही। देख क्या कहता है।

उधर से अंशु कह रहा था–सॉरी यहाँ नेटवर्क ठीक से काम नहीं कर रहा, इसलिए फ़ोन पर बात नहीं हो पायी।

कोई बात नहीं, तुम अपनी नेट वर्किंग ठीक रखो।–कहकर रिया ने फ़ोन काट दिया था। दोबारा फ़ोन आया, तो उसने उठाया नहीं। शालीन से पूछा था–तुम लोगों को उसने बताया था कि वह रीना के साथ जा रहा है।

—नहीं, वह क्यों बताता। रीना ने अपने फेसबुक पर उसके साथ बहुत से फ़ोटो लगाये थे, फिर उन्हें डिलीट भी कर दिया था।

—मगर अंशु ने तो कोई फ़ोटो नहीं लगायी।

—वह क्यों लगाता। तू देख न लेती।

रिया का जी सा मिचलाने लगा। उसने अंशु का फ़ोन नम्बर डिलीट कर दिया था और शालीन की तरफ़ बिना देखे घर से बाहर निकल आयी थी। बस अब और नहीं। उसे रेहाना बहुत याद आ रही थी। अंशु जब उसे छोड़कर आ गया था, तो उसे तो अपने माता–पिता का सहारा भी नहीं मिला था। उन्होंने उसे अपने घर में इसलिए नहीं घुसने दिया था कि उनके मना करने के बावजूद रेहाना ने अंशु से कोर्ट में शादी की थी।

रात के दस बजे थे। अक्सर रिया को रात में अकेली जाते बहुत डर लगता था, लेकिन आज उसे कोई डर नहीं लग रहा था। उसके आँसुओं में कितनी रोशनियाँ झिलमिला रही थीं। बहुत सर्दी थी।

ट्रिब्यून : **26 जनवरी 2019**

रोशनी के अच्छे दिन

दिवाली अभी गुज़री थी और भरी दोपहर में सर्दी के साये उतरते चले आ रहे थे। आसमान में उड़ते पक्षी ऐसे दिखते थे कि बिल्कुल ज़मीन पर चल रहे हों। सड़क पर मूँगफली और गज़क का ठेला लगा था। मूँगफली वाला, सरसों के साग काटने वाले के पास खड़ा बतिया रहा था। हालाँकि उसके कान में ईयर फ़ोन लगा था, फिर भी वह बातों में मशगूल था। तभी वहाँ से धीमी गति से भैंसा गाड़ी गुज़री। उस पर गन्ने लदे थे। पीछे से एक बच्चा दौड़ता हुआ आया और उसने गन्ना खींच लिया। यह देख सरसों के साग वाला हँसा तो गाड़ी वाले ने समझ लिया। भैंसा गाड़ी वाला मुड़कर चिल्लाया–साले ऐसा कनसरे पर दूँगा कि आज तो क्या ज़िन्दगी भर गन्ना खाना भूल जायेगा। लेकिन बच्चा वहाँ होता तो सुनता, गन्ना लेकर, वह तो पहले ही पार्क का गेट फलाँगते हुए ग़ायब हो चुका था।

प्रतिमा सड़क क्रॉस करना चाहती थी कि बीच में एक ई–रिक्शा आ गया। वह उससे बचती आगे बढ़ी कि गन्ने वाले ने पुकारा–आंटी जी गन्ना खा लो। शहद–सा मीठा है।

प्रतिमा मुसकराई। सोचा–गन्ना खा लूँ, मुँह में राहगीर से बैठे दाँतों से जो पता नहीं कब निकल लें।

वह मुड़ी कि सामने से एक साइकिल दौड़ती दिखी। इस समय सड़क पर भीड़ कम थी। साइकिल हवा में कुलाँचें भर रही थी। उस पर सवार महिला की लाल साड़ी, लाल झण्डियों की तरह लहरा रही थी। साइकिल प्रतिमा के ऐन पास आकर रुकी।

—अरे, यह तो रोशनी है। तू कब आयी?

साइकिल खड़ी करके रोशनी बोली—तू कहाँ जा रही है, मम्मी?

—बाज़ार जा रही थी।

—ला, क्या लाना है। मैं ला देती हूँ।

—नहीं मैं ही ले आऊँगी।

—मैं तो तेरे पास ही आ रही थी। और तू जा रही है।

—बता, क्या बात है?

—कल से काम पर आ जाऊँ?

—नहीं, जिसको तू लगा गयी थी वह है न।

तो तू उसको हटा दे।—उसकी आँखें जलते कोयले की तरह कौंधीं।

—अरे कैसे। तू तो आये दिन गाँव चली जाती है। फिर मेरा काम कैसे चले।

अब जल्दी नहीं जाऊँगी। सारा इन्तज़ाम कर आयी—कहकर वह ज़ोर से हँसी।

—क्या कर दिया?

—घर चल तो बताऊँ। फिर रुककर बोली—ठीक है तू बाज़ार से आ जा। मैं आज किसी वक़्त आऊँगी।

लेकिन मैं उस काम वाली को नहीं हटाऊँगी।—आगे बढ़ते हुए प्रतिमा ने बात साफ़ की। वह रोशनी को जनती है। कब लड़ने पर आमादा हो जाये पता नहीं।

—मत हटा। आऊँगी तो चाय तो पिला देगी। उस कुतिया को तो मैं देख लूँगी। मेरा काम छीनने वाली वह कौन होती है। एक पल की मिठास और दूसरे पल की काली माई।

—गाली क्यों देती है?

उसे ही तो दे रही हूँ। ननद है मेरी। कुछ भी करूँ तुझे बुरा क्यों लग रहा है? उसको तो उठाकर पटक दूँगी।—कहते हुए उसने हवा में हाथ लहराये।

—अरे भई कोई ज़बर्दस्ती है। मेरे यहाँ कौन काम करे, यह तो मैं ही जानूँ न।

—तो मैं क्या कह रही हूँ। कोई बात नहीं, तू उसे मत हटा। मगर तेरे यहाँ काम नहीं करती, तो क्या मुझे घर भी नहीं आने देगी।

नहीं, नहीं आ जाना। घर आने को कब मना किया।—कहकर प्रतिमा तेजी से आगे बढ़ गयी।

बाज़ार से लौटी तो एक बज रहा था।

रोज़—रोज़ खाना बनाना भी कितनी बड़ी आफ़त है, जबकि प्रतिमा आधा काम निपटाकर बाज़ार गयी थी। फिर भी अभी बहुत कुछ बाक़ी था। खैरियत थी कि धूप निकल आयी थी और बालकनी की खिड़की से छोटी—छोटी पीली चिड़ियों की तरह झाँक रही थी।

प्रतिमा रसोई में गयी ही थी कि फ़ोन बजने लगा—यह फ़ोन भी कितना तंग करता है। ऐसा लगने लगा है कि मोबाइल नहीं था, तो क्या ज़िन्दा ही नहीं थे। जब देखो तब किसी का भी फ़ोन। ये लो, वो लो। एल. आई. सी., प्रॉपर्टी, मेडिक्लेम, ऑन लाइन शॉपिंग, रांग नम्बर। पता नहीं क्या...क्या। उधर से आवाज़ आयी—मम्मी तू आ गयी।

—हाँ।

—बस तो मैं आ रही हूँ।

क्या मुश्किल है। पीछे ही पड़ गयी ये रोशनी। ज़रा—ज़रा—सी बात पर लड़ने लगती है और वैसे कहती है कि तू मेरी मम्मी है, ला पाँव दबाऊँ। क्या करूँ। मना करते भी तो नहीं बनता।—प्रतिमा ने सोचा। फिर डाइनिंग टेबल पर रखे चाँदी के दो रुपयों को ताले में रखा। कई पड़ोसिनें बता चुकी हैं कि रोशनी हाथ की साफ़ नहीं है। हालाँकि प्रतिमा के यहाँ उसने कभी ऐसा नहीं किया या किया भी हो तो पता न चला हो। इसलिए पहले ही क़ीमती चीज़ ताले में रख दो। न कोई उठायेगा, न कोसोगे। न ही माँ की सुनायी यह कहावत बार—बार याद आयेगी—माल न रखावे आपुनो चोर ए गाली देय।

प्रतिमा फिर से रसोई में आयी। जल्दी से रोटी सेंक दे। पता नहीं कब जायेगी। मीतू कॉलेज से लौटती ही होगी। आते ही भूख—भूख चिल्लायेगी।

रोटी सेंकते हुए याद आया कि अरे गीजर तो ऑन किया ही नहीं। लड़की लौटकर नहायेगी कैसे। सवेरे नहाकर गयी है, मगर कॉलेज से लौटकर फिर नहाती है। कहती है कि इससे पढ़ाई में ज़्यादा मन लगता है। नहाना और पढ़ाई सोचकर प्रतिमा मुसकराई। किसी के यहाँ काम चल रहा था और ड्रिल मशीन का भारी शोर मचा था। कोई टेंपो भी भारी आवाज़ करता रुका था। कोई आया होगा या कोई जा रहा होगा। किसी के आने—जाने का पड़ोस में रहने का पता ही नहीं चलता। फ़्लैट में एक बार घुसो, दरवाज़ा बन्द करो तो समझो बाक़ी दुनिया में जैसे प्रलय ही हो गई। कुछ नहीं बचा।

तभी घण्टी बजी—आ गयी लगता है। प्रतिमा ने गैस बन्द की और आकर दरवाज़ा खोला।

रोशनी आयी तो ज़मीन पर बैठने लगी। प्रतिमा बोली—ऊपर कुर्सी पर बैठ।

—नहीं, मुझे नीचे बैठना ही अच्छा लगता है। पाँव को आराम मिलता है।

—अरे, ठण्ड है। ऊपर बैठ।

वह मूढ़ा खींचकर बैठ गयी—और सुना मम्मी। पापा, भइया, दीदी, सब ठीक हैं?

—सब ठीक है। हाँ, तू सुना। चाय पियेगी?

—हाँ, वही पिला अदरक वाली। दिवाली पर इतना धुआँ था कि गला ख़राब हो गया। इतनी दवा खा ली, फिर भी रात में खाँसी आती है।

प्रतिमा चाय बनाने लगी तो वह पीछे चली आयी। सिंक में दो—चार बरतन थे। उन्हें माँजने लगी।

—छोड़ दे। बाद में मँज जायेंगे।

दोपहर में तो वह आयेगी नहीं।–उसने अपनी रिश्तेदार के बारे में कहा मगर बरतन माँजना नहीं छोड़ा।

हाँ, दोपहर में नहीं बुलाती। वह जिस वक़्त आती है, उस वक़्त मैं सोती हूँ। एक बार नींद टूट जाये तो फिर नहीं आती। जो थोड़ा–बहुत होता है, उसे ख़ुद ही कर लेती हूँ।

चाय छानकर उसे दी तो बोली–तू भी तो पी।

नहीं।–मैं सुबह के बाद चाय नहीं पीती।

–हाँ, ये तो मेरे को मालूम है।

–और सुना।

–क्या सुनाऊँ। अरे हाँ सुन, रोज़ा की तो मैंने शादी कर दी।

–रोजा की। अभी थी ही कितनी बड़ी। इतनी जल्दी शादी की क्या पड़ी थी। कुछ–पढ़ लिख लेती।

–सोलह की पूरी हो गयी थी।

–सोलह भी कोई उम्र है शादी की।

–अच्छा लड़का मिल रहा था। हाथ से निकल जाता तो दूसरा नहीं मिलता।

–अच्छा, कहाँ, वहीं गाँव में।

–नहीं, यहीं रहता है। दिल्ली में। सरकारी पक्की नौकरी है। चार मंज़िल का अपना मकान है और तुझे पता है, उसके घर वालों ने कहा कि पाँच कपड़े पहनाकर लड़की दे दो। मुझे और क्या चाहिए। तुझे तो पता है न जब तक दस–बीस तोले सोना न दो हमारे यहाँ लड़की की शादी नहीं होती। मैं ग़रीब कहाँ से लाती।

–बड़े अच्छे लोग हैं, जो कुछ नहीं माँगा।

चाय पीते वह ज़ोर से हँसी–कोई अच्छा–वच्छा नहीं है। अपनी कोई कमी न हो, तो कौन मुफ़्त पैसे लेने से मना करता है।

–मतलब।

रोशनी ने इधर–उधर देखा कि कोई उसकी बात सुन न ले, जबकि कमरे में उस समय मैं और वह ही थे। फिर फुसफुसा कर बोली–तू तो मेरी मम्मी लगती है, इसलिए बता रही हूँ। लड़के के घर में कमी है।

कमी है। क्या मतलब, तू तो कह रही है चार मंज़िल का घर है, पक्की नौकरी है। कुछ माँगा भी नहीं। तो और क्या चाहिए।–प्रतिमा पहेली समझ नहीं सकी।

–अरे, वैसी वाली कमी नहीं।

–तो फिर।

अचानक फिर उसकी आवाज़ बहुत धीमी हो गयी–लड़के की बुआ गैर जात वाले के संग भाग गयी थी। तब से इनको कोई लड़की नहीं देता था। ये हमारे दूर के रिश्तेदार हैं। कोई भी रिश्तेदार इनके यहाँ किसी शादी–ब्याह में भी नहीं जाता। इनके घर चाय और पानी भी नहीं पीते।

–तो तूने कैसे कर दी।

जब ये रिश्ता लाये तब मेरे पीछे भी सब पड़ गये। कहने लगे कि अगर तूने इस लड़के से शादी की तो हम में से कोई भी नहीं आयेगा। मैंने भी कह दिया, तुम्हें बुला कौन रहा है, मत आना। जितने कम लोग आयेंगे, उतना ख़र्चा बचेगा। वैसे भी आकर सब बातों में कमियाँ ही कमियाँ तो निकालेंगे। मैंने यह भी कहा कि मेरी लड़की के लिए शादी के रुपये जुटा दो और पक्की नौकरी वाला लड़का ढूँढ़ दो, तो इस लड़के से नहीं करूँगी। शादी में तो कुछ नहीं करोगे और आ गये कहने वाले कि यहाँ शादी न करूँ। बस मैंने किसी की नहीं सुनी। मेरी लड़की मैं जानूँ, जिससे मर्ज़ी उससे शादी करूँ।

तू तो बड़ी बहादुर निकली।–कहते हुए प्रतिमा हँस पड़ी।

–बहादुर नहीं तू ही बता कि मैंने सही किया कि ग़लत। अब लड़की अपने घर में ख़ूब ख़ुश है। लड़के के साथ मुम्बई भी घूम आयी है।

प्रतिमा फिर ज़ोर से हँसी–मुम्बई ही क्यों।

–अब ये तो वो ही जानें, लेकिन तू ही बता जात देखती कि अपनी लड़की की ख़ुशी।

–हाँ, ये बात तो है। जात–वात कौन पूछता है इन दिनों। मगर लड़की की उम्र अभी कम है।

आज नहीं तो कल करनी ही थी शादी। उसके बाप को तो फ़ुरसत नहीं। जितना कमाता है दारू में ख़र्च करता है। शाम होते ही घर का रस्ता छोड़ दारू की दुकान में जाता है। होली–दिवाली बाद में आती है पहले घर दारू से भर जाता है। इस बार तो मैंने इसे घर से निकाल दिया था। कहा कि जा मर कहीं। दारू में ही डूब जा। मेरी जान तो छूटे।–रोशनी ने ज़ोर से ताली बजाते हुए कहा और खिलखिलाई। उसके सफ़ेद दाँत बिजली की तरह चमके।

फिर आने दिया कि नहीं।–पूछते हुए प्रतिमा को फिर हँसी आयी, लेकिन चुप हो गयी। क्या पता कह दे कि मेरी आफ़त पर तुझे हँसी आ रही है।

–क्या करूँ। रात में दरवाज़े पर खड़ा होकर माफ़ी माँगने लगा कि अब कभी नहीं करूँगा। रात को माफ़ी मांगी फिर अगले दिन पीकर आ गया। हरामी। अब तो मैंने उससे छुट्टी पा ली है।

–क्या मतलब। तलाक़ दे दिया।

रोशनी प्लेट से बिस्कुट खाती बोली–तलाक़ क्यों दूँ। मेरा आदमी है।

–तो क्या...

–मैंने अपनी बहन से उसकी शादी करा दी।

तेरे रहते दूसरी शादी।–प्रतिमा को सहज ही विश्वास नहीं हुआ। सामने दीवार पर तसवीर में लटकी नर्तकी ने भी अपनी आँखें फैला दीं, जैसे वह भी रोशनी की बातों को ध्यान से सुन रही हो और आश्चर्य कर रही हो।

–हाँ, हमारे यहाँ तो सबकी दो बीवियाँ हैं। मेरी दो माँएँ हैं। दो नानी थीं। दो दादी। सब दूसरी शादी कर लेते हैं। इन हरामखोर आदमियों का काम एक शादी से चलता कहाँ है?

–पुलिस नहीं पकड़ती।

–पुलिस क्यों पकड़ेगी। मैंने अपनी मर्ज़ी से करी है।

–तेरी मर्ज़ी से क्या होता है। क़ानून तो क़ानून होता है और तेरी बहन कैसे मान गयी।

–क्यों न मानती। उसे तो मैं बसा–बसाया घर दे रही थी।

–बसा बसाया घर। क्या मतलब।

और क्या बसा–बसाया ही तो। अपने बेटे मैंने उसे दे दिये। सामान से भरा–पूरा घर उसे देकर यहाँ चली आयी और बहन क्यों न मानती। उससे शादी करता ही कौन।

क्यों नहीं करता।–कहती हुई प्रतिमा रसोई की ओर दौड़ी। लग रहा था कि सब्ज़ी जल गयी। उसने जल्दी से गैस बन्द की। प्लेट हटाकर कढ़ाही में सब्ज़ी को चलाकर देखा। ख़ैरियत थी, सब्ज़ी जलने से बच गयी थी।

रोशनी बोली–अरे, तुझे क्या बताऊँ। एक नम्बर की आवारा है मेरी बहन। मुझे तो बताने में भी शर्म आती है। कुछ देर चुप, वह रसोई में रखे आलुओं पर हाथ फेरती रही।

उसने फिर कहना शुरू किया–एक लड़के से प्यार करती थी, मेरी बहन। वह बच्चा देकर भाग गया। तब से बच्चे को पाल रही है। मैंने भी सोचा कि अपने आदमी से शादी कर दूँगी, तो गाँव में आदमी की रोटी के लिए यह रहेगी और मैं दिल्ली आकर कमाऊँगी। इसलिए मैं आ गयी। उसके बच्चे को भी बाप मिल गया।

–तू कहाँ रहती है?

यहीं पुल के नीचे एक झुग्गी ले ली है। दिनभर तो कोठियों में रहती हूँ। वहीं खाती–पीती हूँ। सोने वहाँ चली जाती हूँ। अब न यह चिन्ता है कि आदमी सारे पैसे दारू में उड़ा देगा, तो ख़ुद क्या खाऊँगी। बच्चों को क्या खिलाऊँगी। झुग्गी में टीवी भी लगा लिया है। न कोई रोकने वाला, न दिन–रात की चिकचिक। जो मर्ज़ी आये खाती हूँ, पहनती हूँ। और एक दिन तो सहेलियों के साथ जाकर फ़िल्म भी देख आयी। इस बार तुझे अपने साथ ले चलूँगी।

मुझे। मेरे पास इतना टाइम कहाँ।–प्रतिमा ने बहाना बनाया।

टाइम निकालेगी तो निकलेगा, वरना रात–दिन रोटी ही पकाती रहेगी। और तू ऐसे ही मर जायेगी। मैं भी यहाँ न आती तो मरी ही मिलती।–कहकर वह लिपट गयी–मैंने तुझसे मरने की बात कही। बुरा तो नहीं मानी।

प्रतिमा ख़ुद को छुड़ाते हुए रोशनी को देखने लगी। चाय का कप धोकर वह जाने लगी तो बोली—मैं फिर आऊँगी। ये बता कि तू दीदी की शादी कब कर रही है?

—अभी से क्यों, पहले पढ़—लिख तो ले।

—पढ़ तो ली। और कितना पढ़ेगी? दीदी बीस की तो होगी।

—बीस की नहीं, इक्कीस की है।

—शादी की उम्र तो हो गयी।

—लेकिन पहले अपने पाँवों पर तो खड़ी हो जाए।

हो जायेगी पाँवों पर खड़ी। मैं तो एक अक्षर नहीं पढ़ी फिर भी अपने पाँवों पर खड़ी हूँ।—कहती हुई वह दरवाज़ा खोलकर बाहर निकल गयी।

रोशनी चली गयी थी। अपनी पूरी कहानी कुछ ही देर में सुनाकर। एक पूरे जीवन का आख्यान, एक—आध घण्टे में। प्रतिमा सोचने लगी—मुझ जैसी स्त्री के मुकाबले उसकी दुनिया कितनी अलग थी। उसके जीवन तक मेरे सवाल पहुँच ही नहीं सकते थे। उसके जीवन में घुसना भी कितना कठिन था। अच्छे—बुरे की परिभाषाओं से बहुत दूर, जीवन की जद्दोजहद और मुश्किलों से लड़ने का एक ग़रीब औरत का अपना तरीका, हमारे मध्यवर्गीय सोच से इतना दूर कि वहाँ पहुँचना भी मुश्किल था।

प्रतिमा ने बालकनी से झाँककर देखा—रोशनी अपनी साइकिल पर उड़ी चली जा रही थी। बालकनी में रखे गमले में लाल—पीला चमकदार गेंदा खिला था।

नवजीवन : **09 दिसम्बर 2018**

कोई बतायेगा सपनों का पता

सूरज के डूबने का समय नहीं हुआ मगर वह डूब गया है। आसमान पर धुन्ध और धुआँ है। जिसे देखो दूसरे को दोष देकर लोगों की हेल्थ के नाम पर पैसे बना रहा है। कोई कह रहा है किसानों ने धुआँ फैला दिया, कोई कार से फर्राटा भरता कारों को दोषी बता रहा है। सब शुद्ध हवा को अपने–अपने तरीक़े से बेचने में लगे हैं डर ...डर...और डर, डर है तो जीवन है। डर के हल के रूप में ये लो और वो लो। ज़ेब खाली करो कि व्यापार आता है। गाड़ी वाले कह रहे हैं, पराली वालों यानी कि किसानों का दोष और शहर वाले कह रहे हैं गाड़ी न चलायें तो कैसे ऑफ़िस जायें, घर पहुँचें और दूसरे काम करें। ऐसे में कोई पानी शुद्ध कराने, कोई हवा साफ़ कराने के उपाय बता मज़े लूट रहा है। ये ले लो, वो ले लो, महँगा हुआ तो क्या हुआ, दाम दो–चार दिन में माँग बढ़ने से दुगुने हो गये तो क्या जान प्यारी है कि दाम।

मगर यह मैं किससे बहस कर रही हूँ। बहस करूँगी तो जिस खुमार में सवेरे से अब तक डूबी हूँ, वह भी भाप बन कर धुएँ में डूब जायेगा। आसमान में कहाँ जायेगा कौन जाने।

रसोई की खिड़की के पीछे चम्पा के सात पीले फूल एक गुच्छे में खिले हैं। किसी ने बुके बना दिया हो। किसी पक्षी या किसी चम्पा के नाते–रिश्तेदार का जन्मदिन है क्या। एक फूल पत्ते पर ऐसे रखा है कि कोई पक्षी पूजा का थाल सजा कर गया हो। इन पर किसी धुएँ

का असर क्यों नहीं पड़ा। पेड़ पर एक कौआ बैठा उसे देख रहा है। कौन जाने फूल का उससे क्या रिश्ता हो। वह भी अपनी प्रियतमा के जूड़े में लगाने के लिए फूल झपटने बैठा हो। आज कौआ बहुत दिनों बाद आया है वरना तो दो तोते पेड़ में छिपे बैठे रहते हैं, उनकी बस पूँछ ही दिखाई देती है या आवाज़ सुनकर जाना जा सकता है कि वे यहीं हैं, यहीं हैं, कहीं गये नहीं हैं, यहीं कहीं छिपे हैं। जिस दिन वे नहीं बोलते तो डर लगता है, कहाँ गये। कहीं चम्पा के पेड़ का रास्ता तो नहीं भूल गये। चम्पा का यह पेड़, मेरी रसोई का दोस्त है।

कभी तने के नीचे इस आस में बैठी बिल्ली कि कोई चिड़िया या उसका छौना नीचे गिरे तो लपक ले। कभी–कभी शाम के समय आने वाला लम्बी पूँछ वाला चकोर, जिसकी आवाज़ ऐसी लगती है कि कोई मशीन घिस–घिस कर रही है। गुरसलों की तेज़ आवाज़ वाली लम्बी जमात, दो बुलबुलें, सब मेरे समय–समय के दोस्त हैं। सवेरे खिड़की के बाहर लगे इस पेड़ से हाल–चाल ले जाते हैं। उसकी हिलती–झूमती डालियाँ या स्थिर पत्ते उसकी शैतानी चंचलता, चुप्पी और सुख–दुख का पता देते हैं।

गैस पर रोटी बनती जाती है और इनसे बातचीत भी चलती रहती है, वे समझें या न समझें। वैसे कौन कहता है कि वे समझते नहीं, हमारी भाषा नहीं बोलते, तो हमने मान लिया कि कुछ समझते ही नहीं। यह मेरा रसोई पुराण भी है। इसमें बहुत से एडीशन और डिलीशन होते रहते हैं। नयी–नयी फ़ाइलें रोज़ सेव होती हैं और दो–चार दिन के बाद उड़ा दी जाती हैं। किसी दिन का आख्यान चम्पा और उससे कुछ दूर लगे बेल के पेड़ को समर्पित होता है तो किसी दिन गुरसल और तोते के झगड़े को। रात हो जाती है तो इन पेड़ों की परछाइयाँ दीखती हैं। वे परछाइयों में भी कितने भरे–पूरे दिखते हैं। क्या उनके भी आँसू आते हैं। जब कोई उन्हें काटने आता है, तो वे थर–थर काँपते हैं और अपने आसपास वाले पेड़ों को इसकी ख़बर भी करते हैं। मगर बेचारे क्या करें, जहाँ उगते हैं जीवन बस वहीं खड़े–खड़े बीत जाता है। पचास साल, सौ साल, दो सौ,

चार सौ और चार हजार। अमेरिका के रेडवुड जंगलों में चार हज़ार साल पुराने पेड़ भी बताये जाते हैं। मनुष्य इनकी तरह एक जगह खड़ा रहकर जीवन काट दे तो पता चले कि इस तरह का जीवन कितना कठिन है। न कहीं आना, न जाना, न शादी, न उत्सव–समारोह। कोई इन्हें ख़तरे की सूचना दे भी दे तो कहाँ भागें, कैसे भागें, कुल्हाड़ी लेकर इन तक पहुँचते आदमी का क्या करें। क्या इनके भी देवी–देवता होंगे। जब इनकी मौत इनके सामने खड़ी रहती होगी तो ये किसे पुकारते होंगे। दर्द और तकलीफ़ के वक़्त इनके आँसू भी आते होंगे। तब क्या ये सताने वाले को वैसे ही भला–बुरा कहते होंगे जैसे हम कहते हैं। मुसीबत के वक़्त किसकी शरण में जाते होंगे। जो पक्षी रोज़ इन पर बसेरा करते हैं, अपने अण्डे–बच्चे पालते हैं, इनके फल खाते हैं, तब क्या वे इनकी मदद के लिए दौड़ते होंगे।

ख़ैर, कल रात सोते–सोते देर हो गयी थी। देर रात मोबाइल बजने लगे तो दिल धड़कने लगता है। कौन सी बुरी ख़बर। जैसे पहले तार आने की बात सुनकर सबके चेहरे उतर जाते थे, अड़ोसी–पड़ोसी भी पूछने लगते थे–तार क्यों आया। इसी तरह देर रात फ़ोन आ जाये तो नींद खिड़की के रास्ते कूच करके चम्पा, बेल या कदम्ब के पेड़ पर लटक जाती है। पूरी रात चाहे जितना पुकारो लौटकर ही नहीं आती। और सवेरे कहीं ढूँढ़ने जाओ तो कहीं नहीं दिखती, पता नहीं कहाँ छिप जाती है।

लेकिन रात को नींद अच्छी आयी और अपने साथ सपने भी लाई। ऐसा सपना कि जिसने गहरी नींद को और गहरा कर दिया, वरना तो भयानक सपने नींद के परखच्चे उड़ाकर अपने–अपने रास्ते भाग जाते हैं। करते रहो उन्हें पकड़ने की कोशिश। सवेरे सपना उतने विस्तार से याद नहीं रहा, जितने विस्तार से देखा था, मगर उसकी खुमारी में न चम्पा था, न तोते, न कौआ। सब कहीं नहीं थे। वैसे देर तक नींद नहीं आती, मगर कल तो सोफ़े पर लेटी तो गये रात तक उसी पर सोती रही, वरना हर रोज़ तो कुछ देर वहाँ लेटने के बाद, बिस्तर पर आती हूँ। सब हँसते हैं, पहले बिस्तर नम्बर एक, फिर दो। ऐसा लगता है कि सोफ़े पर नहीं सोओगी तो नींद टा–टा कर देगी।

जिस रसोई में इतने घण्टे बिताती हूँ, सपने में वह रसोई तो सिरे से गायब थी। कमरे की दीवारें भी खाली थीं। एकदम खाली, बदरंग सी, किसी लुटे–पिटे घर सी। यकीन नहीं आता, वह सपना था या कि वह सच, जिसे हमेशा से ख़ुद से छिपाती आयी हूँ, किसी कुएँ में फेंकी अठन्नी–चवन्नी की पोटली की तरह, किसी को कभी पता न चले या चूल्हे के नीचे छिपाये वे जेवर कि चोर आयें भी तो कोई अलमारी, कोई बक्सा, कोई कलाई उनका पता न दे सके। हालाँकि किससे छिपाया, सबको तो ढोल बजा–बजाकर बताया था। ख़ुद से, ख़ुद से।

वह कमरा उसकी वह डाइनिंग टेबल, दीवारों के वे रंग, घर में छाया नीले आसमान सा धुँधलका, मेरे घर का तो नहीं था। फ़र्श भी सीमेंट का आज की तरह टाइल्स से चम–चम करता नहीं। बात भी तो चालीस साल से ज़्यादा पुरानी थी, मगर इस वक़्त आँखों में सपनों के बीच से रास्ता बनाती घुसी चली आ रही थी। न उसमें दुख था, न ख़ामोशी, न किसी बात को छिपाने की, न किसी पेड़ की टुलक पर लटकाकर दूसरों को दिखाने की चाहत।

मेरे पति अंकुर और निशान्त आमने–सामने। और हम वही थे चालीस साल पुराने, उतने ही युवा। निशान्त कब आया होगा, यह भी पता नहीं चला। मेरे पति उससे बात करते रहे। क्या उन्हें यह पता था कि वह निशान्त था। मैंने तो परिचय कराया नहीं। निशान्त की भी आँखों से वह अपरिचय गायब था, जो उसने उन दिनों जान–बूझकर दिखाया था। हालाँकि वे दोनों किस विषय पर डिस्कस कर रहे थे जिसे याद न आने पर भी मैंने सपने में कहा था कि अरे वह साइंस वाला है, उसे फाइनेंस के बारे में क्या पता।

तो अंकुर ने कहा था–दुनिया में ऐसा भी कोई हो सकता है जिसे फाइनेंस के बारे में कुछ मालूम न हो। पैसा न हो, तो न जीवन चले, न घर, न बाज़ार, न रेल, न मेट्रो और न ही हम, तुम, सब, यह सारी दुनिया। साइंस क्या बिना पैसे के चलती है। जब तक फंड न हो कोई रिसर्च नहीं हो सकती और जो रिसर्च कराता है उसे अपने हक़,

अपने फ़ायदे के लिए। आजकल समाज की भलाई नहीं कारपोरेट की भलाई के लिए ही हर रिसर्च होती है।

उनकी बात सुनकर निशान्त हँसा था—कह तो आप सही रहे हैं। मुझे अनेक बार यू. एस. जाने का निमन्त्रण मिला, बस गया नहीं। मेरे अधिकतर दोस्त वहीं हैं। मुझे लगा यू. एस. जाकर भी क्या करना है पैसा कमाना है, तो यहीं क्या बुरा।

अंकुर ने कहा—हाँ, यहाँ के लोग तो अपने हैं। वहाँ तो यही पता नहीं चलता कि जहाँ आप रहते हैं, नौकरी करते हैं, खाते—पीते हैं, बच्चों के उड़ने के सपने देखते हैं, वो सब कोई ट्रंप चाहे तो एक झटके में ज़मीन पर गिरा दे और आप सिर पर पैर रखकर भागें। और भागें तब जब किसी ने भागने के लिए पैर भी साबुत न छोड़े हों।

फिर वे दोनों ज़ोर से हँसे थे।

अंकुर और निशान्त ऐसे बातें कर रहे थे, जैसे कि चालीस साल से बिछुड़े दोस्त हों और उन्होंने इस कमरे में मिलने का फ़ैसला किया हो कि यहाँ मिलेंगे मगर सपने में। देखते हैं कि एक—दूसरे को पहचानते हैं कि नहीं। मगर उनके चेहरे, हाव—भाव सबसे चालीस साल का फासला ग़ायब था। वे तो बिल्कुल वैसे ही थे, चालीस साल पहले वाले। मगर मेरी नज़रों से। इससे पहले वे दोनों तो कभी मिले तक नहीं थे। सपने में मिल रहे थे पहली बार, वह भी मेरे सपने में।

डाइनिंग टेबल ब्रेड, पुलाव, फल, जूस से सजी थी और खाने का सामान बढ़ता ही जा रहा था। और आश्चर्य तो यह कि कम खाने वाला निशान्त खाता ही जा रहा था। वह किसी और से पूछ तक नहीं रहा था, वह ऐसा तो था नहीं और अंकुर उसने हाथ में एक गिलास पकड़ा हुआ था जो बैंगनी रंग का था। इस सपने से पहले गिलास का ऐसा रंग मैंने कभी नहीं देखा था। वह उसे बार—बार मुँह से लगा रहा था और गिलास ऐसा अक्षय पात्र था कि उसमें जो कुछ भरा था, वह ख़त्म ही नहीं हो रहा था।

सपने में भी किसी से सालों बाद पहली मुलाक़ात हो सकती है, यह मुलाक़ात ऐसी ही तो थी।

लेकिन निशान्त को इस घर का पता कैसे चला होगा? वह यहाँ कैसे आया होगा? कहाँ से आया होगा, किससे पता पूछा होगा। क्या गूगल से या जस्ट डायल से या आस्क मी सर्विस से।

वैसे सपनों का पता भी होता है, किसी के पास। निशान्त को मेरे सपनों का पता था और हमें एक–दूसरे के सपनों का। कोई–कोई सपना भी कितना उल्लूपने से भरा होता है कि जैसे कि तब सोचती थी कि अगर इसके साथ देखे सपने पूरे नहीं हुए तो ज़िन्दगी तो गयी समझो। लेकिन ऐसा हुआ क्या? जब सोचती थी कि यह नहीं तो जीवन भी नहीं। बाद में लगा कि अरे वह या इस जैसे बहुत से नहीं, तब भी जीवन चल सकता है। दौड़ सकता है। अपने मुकाम पर पहुँच सकता है। जिया भी जा सकता है। सपने भी देखे जा सकते हैं, जैसे कि बीती रात का सपना। और अंकुर वह क्या कम सपनीला है। उसके पास भी तो देखने–दिखाने के लिए बहुत से रंगीन सपने हैं। निशान्त ने अपने सपनों से मुझे निकाल फेंका, लेकिन अंकुर के सपने तो मुझसे ही जैसे शुरू होते हैं। नहीं भी होते तो भी ठीक था। इतना लाड़ लड़ाना भी घबराहट पैदा करता है। डर लगता है कि कहीं यह भी तो नहीं चला जायेगा, बीच में छोड़कर निशान्त की तरह। निशान्त के घर में दीवारें ही दीवारें थीं, छत नहीं थी, फिर भी चारों ओर अँधेरा था जिनमें थोड़ा सा आगे देखना भी मुश्किल था। अंकुर के घर में न दीवारें थीं, न छत, चाहे जितनी दूर जाओ। चाहो तो तोतों की तरह दूर जाकर लौटो और खिलखिल करते सुनाओ अपनी कहानी। तेरी, मेरी, उसकी, सबकी कहानी। क्या यह पति और प्रेमी का फ़र्क़ है या पति के प्रेमी बन जाने की दास्तान। पति प्रेमी नहीं हो सकता, यह कैसे मान लिया। घर में सिर्फ़ दीवारें होती हैं और घर पछाड़–पछाड़ कर मारता है, यह भी तो बस एक अधूरा सच ही है, जिसे सब अपनी–अपनी तरह से ख़ुद को सही साबित करने के लिए मोड़ लेते हैं। जिससे कि अपने को सही और दूसरे को ग़लत साबित कर सकें।

यों मेरे सपनों में निशान्त दिन–रात आता रहा है। इतने सालों में एक दिन के लिए भी तो गायब नहीं हुआ। यह अलग बात है कि मैंने उससे कभी मिलना नहीं चाहा, कभी ऐसा मौका आया ही नहीं। हो सकता है कि राह चलते कोई मौका आया भी होता, तो मैं आँख बचाकर या रास्ता बदलकर या कि वह बिल्कुल सामने पड़ गया होता तो इग्नोर करते हुए, बेपहचान होकर निकल गयी होती।

निशान्त और अंकुर दोनों को पता है यह। इसीलिए निशान्त ने शायद सपनों के ज़रिये फिर से मेरे घर में घुसने का रास्ता देखा। हालाँकि अंकुर लाइटर क्षणों में मुझे खींचने के लिए कहता था–यह भी कोई नाम हुआ–निशान्त। नाम के आगे ही न लगा है तो हाँ की बात तो कभी हो भी नहीं सकती थी।

लेकिन अंकुर और निशान्त के बीच जैसी बातें हो रही थीं, वे हँस रहे थे, खिलखिला रहे थे, बहसों में जीत–हार रहे थे, नेताओं को गरिया रहे थे, और डाइनिंग टेबल पर रखा माल उड़ा रहे थे, उसे देखकर लगता नहीं था कि अंकुर को पता है कि वह निशान्त है। अगर उसे पता होता तो शायद वह उसे दरवाज़े से ही भगा देता। इसलिए नहीं कि निशान्त मेरा दोस्त था, शादी से पहले का, इसलिए कि अंकुर को उसके बारे में पता था और वह उसकी चीटिंग से बहुत नाराज़ था। लेकिन अंकुर उसे अगर दरवाज़े से भगाता, तो दरवाज़े को ढूँढ़ता कैसे। सपनों का दरवाज़ा होता कौन सा है। कैसा होता है, क्या देखा है किसी ने। हो सकता है, नहीं भी भगाता। पूछता उससे कि मामला क्या है, क्यों आ गया। क्या फिर से उसकी बीवी पर कब्जा चाहता है या कि इसमें से कुछ भी न करता। यह कहकर कि तुम लोग बातें करो मैं अभी आया, कहकर बाहर निकल लेता, जिससे कि मुझे कुछ प्राइवेसी मिल सके। ऐसा ही है वह। मगर सपने की उस बातचीत में वे दोनों इतने यंग दिख रहे थे और मेरे बाल सन जैसे सफ़ेद थे। तो क्या वे इमेजेज वे थीं, जो बीस–तीस साल पहले मैंने अपने दिमाग़ की हार्डडिस्क में सेव की थीं और उन्हें कभी डिलीट नहीं किया था। वैसी तस्वीर मैंने अपनी क्यों नहीं बनाई।

बनी भी तो उसे सेव क्यों नहीं किया। किया होता तो अपने ही सपने में अपने पति और प्रेमी को इतना जवान और ख़ुद को क्या किसी बुढ़िया के रूप में देखती। चाहती तो सपने में ही बाथरूम में जाकर हेयर डाई लगा सकती थी। नक़ली जवानी को अपनाने में आख़िर हर्ज़ ही क्या है, कम से कम सपने में, उनकी दादी तो नज़र नहीं आती। जवानी को पकड़े रखने के लिए रात–दिन जुगलबन्दी होती रहती है, कॉरपोरेट और मीडिया की। यह करो, वह करो, उम्र को भगाना हो तो याद रखो कि वैसी मत दिखो कि कोई दादी तो क्या आंटी भी कह दे।

वे खा–पी रहे थे और बातें करते ही जा रहे थे। मैं पास ही बैठी थी तो कुछ खा भी नहीं रही थी, मगर बहुत–सी बातें मुझे सुनायी भी नहीं दे रही थीं।

फिर एकाएक निशान्त उठ लिया था और हम बाहर निकल आये थे, मगर वह तो कोई और जगह थी, कोई और बिल्डिंग किसी परकाया प्रवेश की तरह। सामने आसमान ढेरों रंग–बिरंगी पतंगों से भरा था या क्या पता वे तरह–तरह के पंछी और तितलियाँ हों और वसन्त के आने की सूचना दे रही हों। यह रास्ता तो मेरे घर की तरफ़ भी नहीं जाता था। अंकुर आगे चल रहा था, मैं कुछ पीछे और निशान्त कुछ तिरछा बीच में। अचानक वह मेरी तरफ़ आया, मेरे सामने खड़ा हुआ, नीचे झुका, उसका हाथ मेरी तरफ़ बढ़ा, एक चीख सी निकलने को हुई मुँह से कि अचानक वह पीछे हट गया। मेरा पीला कुर्ता आगे से ऊपर उठ गया था, उसे ही उसने नीचे किया था। चाहता तो कह भी सकता था या कि इशारा कर देता कि कुर्ता ठीक कर लो। मगर उसकी यह परवाह या कि कुछ आनन्द कि औरत के कपड़े वहाँ से छुओ कि वह शर्मा जाये, मगर उसे कुर्ता नीचे करने में पाँच सेंकेंड से ज़्यादा समय नहीं लगा होगा। सपने में भी उसकी वर्षों पुरानी पजेसिवनेस की आदत गयी नहीं थी।

लेकिन मुझे तो उसकी यह चिन्ता बड़ी कोमल लगी। उसकी अधिकार भावना भी अच्छी लगी। लेकिन वह इतना युवा कैसे था,

जबकि मेरी तो हड्डियाँ पिरा रही थीं। अचानक मुझे लगा कि वहाँ खड़ी मैं वैसी ही नहीं थी जैसी कि पहले दिख रही थी। मैं भी निशान्त जैसी लग रही थी और अंकुर भी। प्रेम पुराने दिनों को लौटा लाया था। यों जीवन में कभी लौटना नहीं होता। आप सिर्फ़ यादों के सहारे ही चलते हैं। कभी उनके साथ ठहाके लगाते, कभी घटाटोप में घिरते।

लेकिन निशान्त मुझे चम्पा के फूल सा लगा सपने में। हालाँकि सपना टूटते ही मुझे ख़ुद पर ही यकीन करना मुश्किल हो गया। पिछले कितने सालों में मैंने उससे इतनी नफ़रत की थी कि एक मनुष्य दूसरे से नहीं कर सकता।

क्या मेरा सपना मेरी उन भावनाओं का बयान था जो सचमुच निशान्त के लिए मेरे मन में थीं। जिन्हें मैंने नफ़रत के न जाने कितने पॉलीथिन से ढक रखा था जिससे कि न हवा आये, न रोशनी और वे दमघुट कर मर जायें। भावनाओं को मैं मरते देखना चाहती थी, मगर वे तो जस की तस थीं। मरी नहीं थीं। सपने ने उन्हें और जगा दिया था।

निशान्त सपने को मेरे साथ किसी कोमल ख़ुशबू की तरह छोड़ गया था और यह खुमारी थी कि उतरने का नाम नहीं ले रही थी।

गम्भीर समाचार : **18 नवम्बर 2017**

सेकेंड चांस

कई बार सुधांशु को लगता है कि मम्मी को गाँव से यहाँ लाकर कहीं ग़लती तो नहीं की। वह भी क्या करता। पापा जब तक थे तब कम से कम दो तो थे। मगर पापा के जाने के बाद मम्मी अकेली रह गयीं। गाँव में भी घर में सिर्फ़ बूढ़ी चाची ही बची हैं। सारी यंगर जेनरेशन बाहर जा चुकी। चाची और मम्मी गाँव की दूसरी औरतें सब जैसे–तैसे वक़्त काट लेती थीं। मगर सुधांशु और बसु को हमेशा मम्मी की चिन्ता लगी रहती थी। जब वह एकाएक रात में पलंग से गिर गयीं। तो बस सुधांशु और बसु ने तय किया नहीं उनके साथ किसी का होना ज़रूरी है। बसु ने कहा था कि वह उन्हें अपने साथ अमेरिका ले जायेगी। लेकिन मम्मी वहाँ जाने को कतई राजी नहीं हुईं। उनका कहना था कि गाँव के बाहर कहीं और अपने ही देश में उनका मन नहीं लगता है। ऐसे में उस देश में जहाँ न लोग अपने जैसे हैं, न भाषा वहाँ उनका मन कैसे लगेगा। अगर सुधांशु चाची को साथ ले आया होता तो शायद मम्मी का मन लग जाता, मगर चाची ने कहा कि वह यहाँ से कहीं नहीं जाना चाहतीं। बसु हर रोज़ उन्हें फ़ोन करती थी। सुधांशु भी पूछता रहता था दिन में कई बार। उसने कह रखा था कि उसे लौटने में देर हो जाती है, वह सो जाया करें, मगर जब तक वह घर नहीं आ जाता था, वह जगी रहती थीं। वह जब तक कपड़े बदलकर आता था, वह गर्म रोटी सेंककर ले आती थीं। इसके लिए वह कितनी बार कह चुका था कि बनाकर रख दिया

करें और सो जाया करें। वह आकर खाना खा लिया करेगा, मगर वह नहीं मानती थीं। ख़ुद भी तब तक नहीं खाती थीं, जब तक सुधांशु नहीं खाये आज भी जब दोनों खाना खाने लगे तो सुधांशु की नज़र घड़ी पर पड़ी। साढ़े ग्यारह बज रहे थे। सुबह फिर उसे जल्दी जाना था। बाहर इतना शोर–शराबा था कि लगता ही नहीं था कि दिन बीत चुका है। वह सोचने लगा कि मम्मी को बताये कि नहीं। क्या पता सवेरे समय मिले कि नहीं।

उसने कहा–तन्वी का फ़ोन आया था।

क्या कह रही थी।–उन्होंने चेहरे पर बिना कोई भाव लाए कहा।

–कुछ नहीं वापस आ रही है, एक महीने के लिए।

वह कुछ नहीं बोलीं तो सुधांशु ने फिर कहा–बता रही थी कि बहुत परेशान है।

तो तू क्या करेगा। मम्मी ने धीरे से कहा–अपने आदमी के साथ ख़ुश नहीं है।

–शायद। कह रही थी कि आकर बतायेगी।

–घर तो नहीं आयेगी। मत बुलाना।

–क्या माँ पुरानी बातों को जाने दो। आ भी जाये तो आने दो।

ठीक है तू जान।–मम्मी अब किसी बात पर अड़ती नहीं हैं।

वह सोने चली गयीं। तो सुधांशु भी लेट गया। हालाँकि डॉक्टर ने कहा था कि खाकर एकदम न लेटा करे। मगर करे भी तो क्या, रोज़ इतनी देर से लौटता है कि फिर सोने के अलावा और कोई काम बचता ही नहीं है। उस पर भी ऑफ़िस की यह शिकायत कि यार रात को फ़ोन नहीं उठाते। उठा लिया करो। वह एक बे आवाज़ रोबोट, दौड़ रहा है सुबह से शाम।

लेट गया मगर दिमाग़ न जाने कहाँ–कहाँ घूमता रहा।

तन्वी अब क्यों मिलना चाहती है। इतने सालों में तो न कभी कोई बातचीत, न मैसेज, न स्काइप, न फेस टाइम न, व्हाट्सएप। सोने की कोशिश करता तो तन्वी सामने आकर खड़ी हो जाती।

पहली बार की मुलाक़ात उसे याद आने लगी थी–एक घबराई हुई सी लड़की जिसे ज़रा–ज़रा–सी बात पर डर लगता था। क्लास में सब उससे कहते–अरे तन्वी बाहर कुत्ता भौंक रहा है। डर तो नहीं रहीं और देख वह चिड़िया उड़ी कहीं तुझे अपने साथ ऊपर उड़ा ले जाये और धड़ाम से नीचे पटक दे। बाक़ी सब ख़ूब हँसते, तन्वी मुसकरा कर रह जाती थी। कभी उसकी आँखें टप–टप करने लगतीं।

एक बार सुधांशु छुट्टियों के बाद जब गाँव से शहर लौटकर कॉलेज गया, तो पता चला कि तन्वी के पापा नहीं रहे। कार एक्सीडेंट में डेथ हो गयी। सुधांशु को किसी ने फ़ोन भी नहीं किया वरना तो बीच में आ जाता। क्लास के और लोग तो पहले ही उसके घर होकर आ चुके थे। वह गया तो देखकर दंग रह गया। वहाँ पहुँचकर उसे लगा तन्वी क्यों डरती है। क्या दुख है उसे। जिसके लिए बहुत से लड़के–लड़कियाँ तरस रहे हैं, वह सब कुछ तो है उसके पास। इतना बड़ा घर। तीन–चार कारें। ढेर से फूल। अमरूदों और अनारों से लदे पेड़। कई नौकर–चाकर। किसी बात की कोई कमी नहीं। हाँ, अब अपने पापा की कमी तो हमेशा महसूस होगी ही।

वहाँ तन्वी के आने से पहले उसकी माँ ने कहा था–बेटा इसे समझाओ। पापा के जाने के बाद घर से ही नहीं निकलना चाहती। अक्सर तुम्हारा नाम लेती है कि पढ़ने में तुम बहुत होशियार हो। उसकी बहुत मदद करते हो।

तब उसने कहा था–नहीं आंटी, ऐसा कुछ नहीं है। वह भी बहुत मेहनती है। बहुत भोली–सी है। बात–बात पर रोने लगती है।

–हमेशा अकेली रही है। इसके पापा ने फूलों में रखा इसे हमेशा। इसलिए ज़रा सी बात पर घबरा जाती है।

कुछ देर में तन्वी भी आकर बैठ गयी। सुधांशु चाय पीने लगा, मगर उसने चाय की तरफ़ देखा तक नहीं। न कोई बात ही की। सुधांशु चलते हुए कहने लगा–कल कॉलेज आ रही हो न।

लेकिन वह कुछ नहीं बोली। अगले दिन सुधांशु इन्तज़ार करता रहा। क्लास के अन्य लोग भी, मगर तन्वी नहीं आयीं। इतवार को सुधांशु ने तन्वी से कहा–कल उसे ज़रूरी काम है। उसके नोट्स कॉलेज में दे जाये। बहुत ज़रूरत है।

उसे लग रहा था कि शायद वह न आये नोट्स का तो बहाना भर था। लेकिन जब एक बड़ी कार आकर रुकी और तन्वी उसमें से उतरी तो क्लास के दूसरे बच्चों को यकीन नहीं आया। अक्सर तो बस में आती–जाती थी। जब वह आयी तो किसी ने उसे वापस न लौटने दिया। इस तरह दोबारा से उसका कॉलेज आना–जाना शुरू हुआ।

पढ़ाई ख़त्म होने के बाद सुधांशु एम. बी. ए. करने लगा था और तन्वी ने इंजीनियरिंग में दाखिला ले लिया था। अक्सर सुधांशु और उसकी व्हाट्सएप पर बात होती। स्काइप पर भी दोनों बतियाते। कई बार सुधांशु सोचता तन्वी अब घर से दूर अकेली कैसे रहती होगी।

फिर दोनों को ही दिल्ली में नौकरी मिल गयी थी। सुधांशु को तन्वी अच्छी भी लगने लगी थी, मगर अच्छी लगने भर से तो कुछ नहीं होता।

एक बार दोनों ने दिवाली पर घर जाने के लिए इकट्ठे एअर टिकट बुक कराए थे। एअरपोर्ट पर दोनों फ्लाइट का इन्तज़ार कर रहे थे कि पता चला था कि फ्लाइट डेढ़ घण्टे लेट है। तन्वी के घर पहुँचते रात हो गयी। सुधांशु को गाँव जाने के लिए इस वक़्त कोई बस भी न मिलती। तन्वी की माँ ने कहा था–बेटा यहीं रुक जाओ। तुम्हारा ही घर है। रुकने के अलावा और कोई चारा भी नहीं था।

सवेरे नाश्ते की टेबल पर तन्वी की माँ ने कहा था–तो अब तो तुम नौकरी करने लगे। आगे क्या इरादा है।

–आगे से मतलब आंटी।

–अरे वही शादी–वादी।

–अभी तो कुछ नहीं सोचा है।

वह हँसकर बोलीं–तुम न सोचो तो हम सोच लेते हैं।

सुधांशु हक्का–बक्का रह गया–क्या मतलब आंटी।

–तन्वी तुम्हें पसन्द करती है।

–आंटी, यकीन मानिए इस बारे में मेरी उसकी कभी कोई बात नहीं हुई।

वह फिर हँसीं–नहीं हुई तो अब हो जायेगी। मेरी तो हुई है।

तभी तन्वी एक प्लेट लेकर आयी। उसके हाथ में पेठा था। उसे पता था कि सुधांशु को पेठा बहुत पसन्द है।

लो बात चली भी नहीं कि पक्की भी हो गयी। मुँह मीठा करो। –उसकी मम्मी ने हँसते हुए कहाँ सुधांशु एकदम कंफ्यूज हो गया। न ये लोग उसके परिवार के बारे में जानते हैं। न उनकी आर्थिक स्थिति के बारे में ही। क्या कहे कुछ समझ में नहीं आया।

उसने उन्हें बताने की कोशिश भी की। जब तन्वी की मम्मी किसी काम से उठ गयी। तो उसने कहा–यार शादी की बातें तो हमारी कभी नहीं हुईं।

अब तो हो रही हैं।–जवाब सुनकर उसे एक बदली हुई तन्वी नज़र आयी। सुधांशु बोला–देखो मैं गाँव से आता हूँ। मेरे माता–पिता आज भी खेती करते हैं। न हमारे पास पैसा है। लाइफ़ स्टाइल भी तुम्हारे घर जैसा नहीं।

पैसे का क्या। यहीं इतना है कि और ज़रूरत नहीं पड़ेगी। नौकरी तो मैं बस शौकिया करती हूँ। बाक़ी पापा ने बहुत कुछ मेरे नाम पहले से ही कर रखा है।

उस दिन घर पहुँचकर सुधांशु ने जब अपनी मम्मी को बताया तो वह कहने लगीं–एक बार लड़की तो दिखा दे। सुधांशु ने उन्हें मोबाइल पर फ़ोटो दिखा दी थी।

तन्वी की मम्मी बस एक बार गाँव आयी थीं, लेकिन सुधांशु जैसा सोच रहा था, वैसा कुछ भी नहीं हुआ था। हाँ, गाँव के लोगों में ज़रूर हँसी–मज़ाक़ होने लगा था कि लक्ष्मी आते तो देखी है, मगर इस तरह छप्पर फाड़कर नहीं।

दिल्ली लौटकर दोनों अपनी–अपनी नौकरियों में बिजी हो गये थे। छुट्टियाँ आतीं तो एक–दो दिन की एक्सट्रा छुट्टी लेकर घर चले जाते। तन्वी सुधांशु के साथ जब भी गाँव जाती। कहती–बड़ा अच्छा लगता है यहाँ।

–हाँ, दो–चार दिन।

एक शाम तन्वी ने आकर कहा–कम्पनी मुझे दो साल के लिए अमेरिका भेजना चाहती है।

सुधांशु ख़ुश हो गया–अरे वाह।

–मगर तुम यहाँ अकेले कैसे रहोगे। तुम भी चलो।

–मगर कैसे। नौकरी छोड़कर तो जाना ठीक नहीं। तुम चलो। कोशिश करूँगा कि मैं भी आ जाऊँ।

तन्वी के जाने के बाद सुधांशु सचमुच अकेला रह गया। उसकी समझ में नहीं आता था कि शादी से पहले वह अकेला कैसे रहता था। इस बीच में एकाएक उसके पिता चल बसे थे। गाँव से मम्मी को अब अपने साथ लाना ज़रूरी हो गया था। उसने तो तन्वी की माँ से भी कहा था कि वह भी उसके साथ चलें। मगर उन्होंने कहा था कि यहाँ इतने मकान, बाग–बगीचे हैं, उन्हें छोड़कर कैसे जायें।

एक सवेरे जब सुधांशु ऑफ़िस के लिए निकल रहा था तो तन्वी का फ़ोन आया था। सुधांशु ने पूछा–क्या हुआ? सब ठीक तो है।

–नहीं।

–क्या बात है, इतनी सुबह–सुबह।

–तुम आ सकते हो।

–पहले बात तो बताओ।

–नाराज़ तो नहीं होओगे।

–अरे, नहीं यार जल्दी बोलो।

–मेरी ज़िन्दगी में कोई और है।

–क्या मतलब।

–आई मीन आय एम इन लव।

–अरे छोड़ो भी। मुझसे ज़्यादा किसे प्यार करोगी।

–मैं सच कह रही हूँ।

तो मुझे क्यों बता रही हो। जो ठीक लगे वह करो। सुधांशु ने ग़ुस्से से कहा, उसकी आवाज़ सुनकर तन्वी ने फ़ोन काट दिया था। उसके बाद तन्वी का कई बार फ़ोन आया था, मगर सुधांशु ने उठाया नहीं। उसने शाम को उसकी मम्मी को फ़ोन किया था। वह भी परेशान थीं। उन्होंने कहा था–बेटा चलो उसके पास चलते हैं।

–नहीं, वहाँ जाकर क्या होगा, अगर उसने फ़ैसला कर ही लिया है।

सुधांशु समझ नहीं पा रहा था कि ये उसके जीवन में क्या हो गया। अगर तन्वी न जाती तो ऐसा न होता। लेकिन होने को तो कहीं आने–जाने से क्या फ़र्क़ पड़ता है। कहीं भी कुछ हो सकता है। आख़िर वह कौन है जो तन्वी को इतना पसन्द आ गया, मगर वह यह भी सोचता कि वह क्यों चिन्ता कर रहा है। तन्वी जाने।

फ़िर एक रात जब घर लौटा तो उसे एक लिफ़ाफ़ा मिला। डाइवोर्स के पेपर थे। उसने फ़ौरन उन पर साइन किये और वापस भेज दिये। मम्मी को तो उसने अब तक कुछ नहीं बताया था। फिर धीरे–धीरे सबको पता चल ही गया था। मम्मी को भी आज तक विश्वास नहीं होता था कि तन्वी को क्या हुआ।

इन इतने दिनों में उससे कोई सम्पर्क भी नहीं हुआ था और अब वह मिलना चाहती थी।

तन्वी आयी तो वह मम्मी के गले से लिपट गयी। फिर सुधांशु पर पहले की तरह ही अधिकार जमाती बोली–अरे आजकल भी इतनी रात को लौटते हो।

वह कुछ नहीं बोला।

तो कहने लगी–नाराज हो।

–नहीं, नाराजगी की क्या बात है। सबको अपनी तरह से जीने का हक़ है।

–तुम्हारी लाइफ़ में कोई नहीं आया।

नहीं, मुझे अब किसी की ज़रूरत नहीं।–सुधांशु ने चाहा कि उसकी बात से कड़वाहट न झलके।

–मेरी भी नहीं।

–नहीं।

–मगर मुझे तो तुम्हारी ज़रूरत है।

सुधांशु कुछ न बोला तो वह कहने लगी–पता नहीं मुझे क्या हो गया था। विवेक ने ऐसा जादू किया कि मैं सबको भूल गयी, लेकिन जल्दी ही लगा कि कुछ ठीक नहीं है। प्लीज़ मैं फिर से तुम्हारे पास आना चाहती हूँ।

–यह कोई बात हुई कि जब चाहो चली जाओ और जब चाहे वापस आ जाओ।

मम्मी सामने बैठकर सब सुन रही थीं, मगर कुछ कहते–कहते रुक जातीं।

–देखो, तन्वी ज़िन्दगी ऐसे नहीं चलती कि एक पल में सब कुछ उजड़ जाये और फिर चाहो तो बन जाये।

–माफ़ी से भी कुछ नहीं बन सकता।

–माफ़ी कितनी सुविधा का शब्द है। इससे किसी के आँसुओं का हिसाब तो नहीं चुकाया जा सकता।

तन्वी जाने लगी तो कहने लगी–बड़े से बड़े खेल में खिलाड़ी को सेकेंड चांस दिया जा सकता है, तो मुझे क्यों नहीं।

–काश कि ज़िन्दगी सेकेंड चांस दे सकती।

तभी मम्मी ने आकर कहा–सुधांशु क्यों ज़िद पर अड़ा है। है तो हमारी बेटी ही।

सुधांशु मम्मी को देखता ही रह गया।

वह फिर कहने लगीं–मकान कहीं से टूट जाये, उसमें दरार पड़ जाये, तो उसे ठीक कराते हैं कि पूरा का पूरा मकान ढहा देते हैं।

उन्होंने आगे बढ़कर तन्वी को रोक लिया।

❑❑